종이 위의 산책자

일러두기

- 시집이나 단행본 제목은『 』, 시나 단편 개별 제목은「 」, 잡지는《 》, 연극 영화 드라마 기사 등의 제목은〈 〉로 표시했다.
- 본문의 파랑 글씨는 저자가 다양한 방식으로 쓴 순수한 창작물이다.

종이 위의 산책자

양철주

나와
잘 지내는
시간 01

구름의시간

들어서며

내가 이야기했던가. 나는 강을 따라 걷거나 숲으로 길을 떠나는 대신 글과 문장 속으로 산책을 간다고, 그런 취미를 가지고 있다고. 그러다가는 아예 주저앉아 그 글을 베껴 쓰기 시작한다고.

사람들은 이걸 '필사'라고 부른다. 이것이 이상하게 보인다면 주변에서 필사하는 사람들을 본 적이 없거나 필사의 의미에 대해 부정적인 견해를 가지고 있을지도 모른다. 긴 글을 쓸수록, 집이 아닌 곳에서 필사 노트를 펼칠수록 이상한 사람으로 보일 수도 있다. 필사는 내게도 이상한 것이었다. 거북의 움직임보다 더 느린 속도를 어떻게 견딘단 말인가. 그 비효율적인 행위라니! 물론 나는 아주 빨리, 그것이 의미 있는 일이라 생각하고 받아들이긴 했지만, 시대의 흐름과 속도를 생각할 때 필사는 느려도 너무 느린 행위다. 하지만 사람들은 휴식이 필요할 때 웅크리고 가만히 있지 않던가. 거의 움직이지도 않은 채, 죽은 듯이. 어떤 사람들에게 필사는 휴식이고, 에너지를 모으고 있는 중인 것이다.

문장은 살아 있는 생명체도 아닌 것이 영락없이 사람과 같은 표정을 하고 있다. 또 사람과 같은 에너지를 가지고 있다. 시선이 마주쳐도 본척만척하는 것이 있는가 하면, 싱긋 웃어 주는 것도 있고, 다가와서 와락 안아 주는 것도 있다. 나는 그 문장을 우리의 '주머니난로'로 임명한다. 그리고 함께 삶의 여행을 떠난다. 책은 집에 있어도 문장은 우리 가슴과 함께한다. 그 문장은 음악이 되고, 철학이 된다. 문장은, 때로 우리의 심장이 된다. 소중한 문장을 마음에 품은 사람은, 그러므로 두 개의 심장으로 산다.

글이란, 문장이란 그런 것 같다. 아니, 그러하기를 바란다. 배고픈 사람에게 떡을 주는 문장, 목마른 사람에게

물을 주는 문장, 다른 이의 하소연을 들어주는 문장, 온화한 얼굴과 부드러운 말씨를 가진 문장, 멀리까지 가서 보고 오는 호수 같은 문장. 문장은 사람과 다를 바가 없어서 사람의 얼굴과 목소리를 가지고 있다. 나도 이런 문장을, 이런 글을 쓸 수 있다면…… 너무나 큰 소망이어서 나는 차마 이 문장에 마침표를 찍을 수가 없다.

목 차

Ⅲ 그때의 열정과 간절함이

I 나의 고백

필사는 무엇을 창조하려 함이 아닌
작품의 곱씹음 혹은 작가에 대한 사랑 고백이다.
나는 텍스트를 통해 그의 옆모습만 보아도 좋다.
그를 아주 사랑하기 때문이다.
나보다 그를 더 많이, 더 잘 아는 사람은 많다.
하지만 내 방식의 사랑에서는 내가 최고다, 하는
긍지도 가져 본다.

「나의 필사적 사랑법」에서

우리 할머니 부치댕이댁

밥이 다 됐다는 알림음이 들린다. 밥솥 뚜껑을 열고 밥을 푸는데 밥이 참 잘됐다. 이미 식사를 했어도 또 먹고 싶은 마음이 들 만큼. 밥을 보니 겉절이가 먼저 생각났다. 텃밭 있으면 푸성귀 뜯어다 겉절이를 해도 좋을 것이다. 돌아가신 우리 할머니 부치댕이댁, 거친 손으로 푸성귀 뚝뚝 꺾어 간장에 버무려 먹을 만하게 잘 무치셨는데. 할머니 손맛이 그립다. 김이 모락모락 피어오르는 밥상머리에서 할머니가 자주 들려주시던 이야기가 있었다.

한 여자가 있는데 그 사람 아들이 바다에 나갔단다. 배가 풍랑을 만나 아들이 죽었는지 살았는지 알 수 없게 되었어. 어쩌끄나 큰일이 났어. 그 엄마가 다른 이들에게 그랬어. 내 아들은 안 죽을 거라고. 내가 한 번도 찬밥을 해 먹인 적이 없다고. 아닌 게 아니라 살아 돌아온 사람은 그 아들뿐이었대.

뜨거운 밥 대할 때마다 할머니 생각. '우리의 추억에는 순수한 상상 속에서보다 언제나 더 많은 이기주의가 들어 있다'고 프루스트는 말했다. 물론 그렇다. 모든 추억의 접점마다 이기주의가 끼어든다면 그 말이 맞을 것이다. 하지만 돌아보면 내가 할머니께 잘못한 것도 많았고 헤아리지 못한 것은 더 많았다. 나의 추억에는 뉘우침도 많다.

어린 시절, 감자를 꽤 좋아한 여동생은 시장에서 감자 파는 할아버지와 결혼하라고 할머니를 졸라댔다. 그렇게만 되면 감자를 마음껏 먹을 수 있을 테니까. 나도 할머니의 결정을 진지하게 기다렸다. 내 할머니 부치댕이댁 김순이 여사는 부끄러운 표정으로 활짝 웃으셨다. 감자를 채 쳐서 기름을 두르고 살짝 소금 간을 하여 익힌 감자. 다른 반찬은 없어도 그만이고, 감자를 먹는 건지 밥을 먹는 건지 알 수 없을 정도로 지나치게 많은 감자에 비벼 먹는 밥은 오랫동안 내가 좋아하는 식사였다. 가장 만족스러우니 소박하다고 할 필요도 없었다. 소박한 게 다 뭔가. 잘 먹고 사는 사람들이나 이것과 저것을 비교하여 뭐가 낫네 마네 할 뿐 우리에겐 그것이 유일했고 전부였고 가장 소중한 것이었다. 할머니가 끓이신 김치찌개는 최고였다. 쌀뜨물을 받아 김치를 쫑쫑 썰어 된장, 젓갈, 두부를 넣어 끓인 김치찌개는 시큼하고도 푸근한 맛이 있었다. 지금 생각해 보면 별다른 걸 넣지 않았는데도. 어머니가 끓인 김치찌개에서 그 맛이 잠시 스쳐 가는 느낌이 들었지만 그것과 같을 수는 없었다.

할머니는 오래전부터 우리와 함께 계셨던 분. 우리를 세상에 나오게 하신 분. 바위처럼 항상 변함없는 분이셔서 할머니의 마음을 알게 되면 그것이 그렇게 신기하게 여겨졌다.

나이 열다섯에 시집와 말 안 듣는 자식들 기르느라 목소리만 커졌다는 우리 할머니 부치댕이댁. 키 작아도 힘 좋고 일 잘하는 큰아들을 혼인시켜 첫 손주를 보니 순하디 순하게 울지 않고 잘 자 뒤꼭지가 납작했다. 고구마 캐러 갈 때 손주 데리고 가 밭둑에 앉혀 놓으니 뭘 하고 노는지 고시랑고시랑 저 혼자서도 잘 놀았다.

손자가 제 에미 애비랑 서울로 올라간 뒤, 봄이 와 파헤쳐진 고구마 밭에 어린놈이 흩뿌려놓은 보리 씨가 파랗게 싹이 트고.

사람은 가고 볼 수 없는데 손자가 뿌린 보리 씨만 자라 싹이 트니 그것이 그렇게 속상하시더란 이야기. 파란 보리싹을 쥐어뜯으시면서.

할머니는 그다지 감정 표현을 하지 않으시는 분처럼 보였다(내가 둔해서 그렇게 보였을 뿐). 그런 분이 나를 보지 못해 속상했다 하시니 어쩐지 찡하고 고맙기도 하여 마음을 울렸다.

할머니는 광산 김씨. 고향은 죽산이다. 친정 마을에 부처를 모신 당(堂, 다시 말해 '불당')이 있었기 때문에 부처당이라 할 것을 부치댕이라 하여 부치댕이댁이 되었다. 가난하고 제사 많은 집안에서 제사 지내는 것이 싫어서 할머니는 제사를 작파(이것은 할머니의 표현이다)하고 제사 안 지내도 된다는 교회에 다니기 시작했다. 자신이 부치댕이댁임을 온몸으로 거부한 것이다. 그래서 돈암동 오촌을 비롯 일가친척 중에 교회 다니는 사람이 많다. 그건 할머니의 자랑이고 긍지였다.

나는 할머니를 무척 따랐다. 할머니는 수요예배에 초등학생인 나와 함께 가고 싶어 하셨고, 나는 빵을 사주면 가겠다 하여 할머니를 많이도 뜯어먹었다. 지금은 천국에서 찬송가를 부르고 계실 것이다. 고입시험 볼 때 시험장에 따라오셨던 할머니, 사람들 틈에서 한눈에 알아보았던 할머니 얼굴, 작은 텃밭이라도 있으면 씨앗 심어 꽃 자라는 걸 보기 좋아하셨던 할머니. 할머니가 꽃밭에 물 주시던 모습을 나는 지금도 보는 듯하다.

할머니는 내 인생에서 최초로 만난 이야기꾼이었다. 어찌나 이야기를 재미나게 하시는지 이야기에서도 갈증이 생겨났고, 그 갈증은 이야기로만 달랠 수 있었다. 가장 기억에 남는 것은 구렁덩덩 신선비였다. 할머니는 이것을 '구름당당 세섬배기'라고 발음했는데 들리는 대로만 이야기를 전했기 때문에 그런 차이가 생겨난 것이다. 구비문학을 공부하면서 할머니에게 들은 그 이야기가 구비문학의 하나라는 것, 그리고 전승자나 지역에 따라 이야기가 조금씩 다를 수 있음을 알았다. 어느 여름날, 나는 녹음기에 할머니의 구렁덩덩 신선비 이야기를 녹음했다.

대학 시절, 내 방은 후배와 지인들에게 '꿈의 공간'이었다. 이건 내 주장이 아니라 그들의 표현이었다. 물론 나도 그렇게 생각하지만. 어떤 이는 많은 책으로 기억하고, 어떤 이는 누구에게도 방해받지 않는 독립된 공간, 늘 원하는 음악을 들을 수 있는 곳이었다고 말한다. 또 어떤 이는 내 방의 천장을 휘감고 돌았던 박 넝쿨을 기억하는데 그것이 방으로 들어왔던 사연은 이렇다.

창밖 작은 화단에 할머니가 박을 심으셨는데 그 박 넝쿨이 쭉쭉 뻗으라고 창가로 줄을 만들어 주었다. 그때만 해도 넝쿨이 얼마나 길게 뻗어 갈지는 몰랐다. 박 줄기는 쑥쑥 자라 내 방 창틀에 이르렀고, 더 갈 곳을 찾지 못하고 허공을 헛되이 붙잡으려는 모습이 마치 버름적거리는 것 같았다. 나는 천장에 작은 못을 박고 철사를 걸어 박에게 길을 내주었다. 넝쿨에게는 새로운 길이 생겼다. 박은 잘 자랐다. 덩굴손이 허공을 더듬는 것 같으면 나는 그 넝쿨손이 움켜쥘 수 있는 새로운 길을 만들어 주었다.

하루하루 뻗어가는 줄기. 식물이 자라는 모습에 그토록 관심을 갖고 기뻐하던 때는 그전에도 후에도 없었다. 박은 흰 꽃을 피웠지만 햇빛을 받지 못한 탓인지 오래지 않아 시들었다. 박 넝쿨이 천장을 휘감으며 자라는 모습을 여러 사람이 봤을 텐데 유독 한 사람만이 오래전의 일을 기억하고 여전히 흥분한 어조로 회상하곤 했다. 그 박 넝쿨의 주인이 자신이기라도 한 것처럼. 계절이 바뀌고 찬 바람이 불면서 창문을 닫아야 했기에 박 넝쿨을 걷어 낼 수밖에 없었지만 철사는 남겨 두었다. 그 철사에는 덩굴손의 일부가 줄을 감은 모습 그대로 말랐고 몇 해가 지난 후에도 남아 있었다. 나는 그 모습을 볼 때마다 박 줄기가 방으로 들어왔던 때를 회상했다. 나팔꽃의 덩굴손만 봐도 그 시절의 박과 함께 할머니가 생각난다. 마치 기억에도 덩굴손이 얽혀 있어 끝끝내 뭔가를 움켜쥐고 있는 것처럼.

프루스트가 할머니 이야기를 쓸 때 나는 그 이야기를 내 할머니 이야기로 바꾸어 읽는다. 그래, 내게도 그런 할머니가 계셨다. 가지 많은 나무 바람 잘 날 없다는 말처럼 늘 근심으로 축복을 대신하던 할머니. 우리가 살며 많은 것을 만나고, 거기에 마음을 주지만 언젠가는 그들 중에서 오롯이 하나가, 다만 하나가 가장 소중하게 여겨지고 놓칠 수 없는 것이 되어 다시 그곳으로 돌아가 곁에 머물고자 하는 때가 있을 것이다. 거기에 할머니가 계신다.

옴팍옴팍 홍합 껍데기 뒤엎어 놓은 것 같은 정지 바닥에선 한여름에도 냉기가 올라오고, 정지문 밀치고 뒤안으로 가면 장독대는 고요히 햇빛 받고 있었지. 거꾸로 엎어 놓은 항아리 위에 고인 물, 손으로 쓸어 흩뿌리면 남은 물기는 스르르 볕에 마르고, 그 위에 올라 겅중겅중 뛰어보면 짱짱하기도 꽤 짱짱하였네. 할머니 밭에 가시고 조용한 오전이면 뒤곁으로 가 덜 여문 가지 하나를 따서 뚝뚝 분질러 먹고 남은 꼭지는 토끼에게 던져 주었지. 그렇게 따 먹고 또 따 먹고, 할매 할매 입 아펴, 입을 붉히더니만.

비 맞고 돌아와 열이 들어 이마 뜨겁더니 기억은 옛 시절 장독대 주위를 맴돈다. 사금파리 위를 걸을 때 발 밑에서 싸그락거리던 그 소리, 점심이 되어서 논둑을 걸어오시던 할머니의 모습을 여전히 담 너머로 보는 것이다.

나는 할머니를 기념하여 글을 지었다.

할머니 돌아가시고 몇 년 후, 선산 주변으로 큰 도로가 나게 되어 부득이 할머니의 묘를 이장해야 했다. 지방으로 내려가던 날부터 나는 설렘과 긴장감에 휩싸였다. 마침내 파묘를 하고 관을 열었을 때, 나는 할머니의 모습을 볼 수 있었다. 나이 들어 살찌고 부은 얼굴, 주름진 얼굴은 하나도 없이 관 속에 누우신 할머니는 처녀 때 모습이 저러했으리라 하는, 그러한 실루엣을 내게 보여 주셨다. 징그럽고 두려운 것이 아니라, 내게 감동을 주는 곱게 스러진 모습이었다. 할머니가 내게 주신 마지막 선물이었다.

바람 속에는 기억이 있다. 바람은 기억과 함께 떠돌고 기억은 바람 속에 고요히 자기의 자리를 잡는다. 우리 할머니 부치댕이댁, 물오름달(삼월) 스무닷새에 돌아가시고 스무이레에 영면에 드셨으니 바람이 기억과 함께 내게 오는 것을 알겠다. 그날 세상은 바람으로 가득하여 바람이 불길의 머리채를 흔들고, 불티가 날아가 메마른 풀에 옮겨붙으면 어쩌나 근심으로 바라보았다. 어제인 듯 기억한다. 숨을 그친 사람은 묘혈의 계단을 걸어 내려가고, 기억은 영원히 청춘인 채 부스러진다.

필사의 몸

엑스레이 차트를 살펴본 의사는 뼈에 특별히 이상한 건 없다고 말했다. 이번이 두 번째 정형외과 방문. 그가 나를 놀라게 한 적은 없다. 심각한 것은 없다니 다행이었지만 통증은 있는데 그걸 다스릴 수 없으니 답답한 노릇이었다. 덩치가 크고 무표정한 의사 선생님, 얼굴에서 움직이는 것은 입술뿐인 듯, 눈동자도 움직이지 않는 듯한 의사 선생님. 그는 이번에도 내게 이렇다 할 소견은 들려주지 않았다.

"엑스레이상으로는 이상이 없어요."

그는 어떻게 해 주면 좋을지를 내게 묻는 표정이었다.

택배를 보낼 일이 있어 우체국으로 갔다. 주소와 연락처를 송장에 쓰려는데 손가락이 바르르 떨렸다. 내 손의 상태가 이렇구나 생각하니 좀 심각하게 느껴졌다. 어떻게 하는 것이 좋을까. 시간이 지나가기를 기다리는 것 외에 할 수 있는 것을 생각해 내고 싶었지만 좋은 생각은 떠오르지 않았다.

필사를 글씨 좀 쓰는 것뿐이라고 생각하면 오산이다. 필사하는 동안 사람의 몸은 한 가지 자세로 고정되기 때문에 태도가 바르지 않으면 필사의 시간은 고스란히 피로가 쌓이는 시간이 된다. 장시간 필사에 몰입한 사람들은 경중을 떠나 손가락이나 팔, 어깨 등에 부상을 입거나 피로를 호소하는 경우가 많다. 오랫동안 몸의 특정 부위를 지속적으로 사용하니 피로가 쌓이는 것은 당연하지만 필사엔 부지런하고, 휴식이나 스트레칭을 소홀히 한 것이 일차적인 원인일 수 있다.

부상은 아니더라도 무거운 물건을 운반한 후에 글씨를 쓰려 하면 감각이 이상하거나 손가락에 힘이 안 들어가고 떨리는 경험이 있을 것이다. 손에 무리가 왔다는 증거다. 증세가 심하면 손가락 관절이 붓는 경우도 있어서 30분 이상 손가락을 마사지해 줘야 경직이 어느 정도 풀리기도 한다. 하지만 근본적인 문제 해결이 되지 않으면 다음 날에도 같은 증상이 이어진다. 손에 피로가 꽤 쌓인 것이다.

손의 부상 중 가장 일반적인 것이 손가락이나 손목에 생기는 건초염(또는 건막염)이다. 손목에 있는 여러 개의 힘줄을 감싼 막에 염증이 생긴 것이다. 염증이 생기면 가벼운 통증이나 부기가 나타난다. 이 때문에 젓가락질이나 글씨 쓰기 등 손을 사용하는 작업에서 어려움을 겪게 된다. 평소처럼 무심코 무거운 물체를 들어 올리다가 갑자기 통증을 느끼며 물건을 떨어뜨릴 수도 있다.

골절이 아닌 가벼운 근육의 피로(또는 부상)라면 가장 좋은 치료법은 '절대 휴식'이다. 정형외과를 방문하여 엑스레이를 찍어도 뼈가 다친 것이 아니어서 잘 나타나지 않을 수 있다. 온찜질이나 손가락부목(핑거가이드)을 처방받기도 하는데 통증이 크지 않은 상태에서 부목을 계속 착용하기는 아주 불편한 일이다.

휴식 없이 계속 필사하고 싶다면 자신이 자주 쓰는 손에 무리가 가지 않도록 미리 조심해야 한다. 마음이 앞선 탓에 욕심껏 작업량을 늘리면 탈이 나기 마련이다. 손가락은 모두 중요하지만 특히 엄지와 검지에 지나친 압력이 가해지지 않도록 해야 한다. 손가락에 힘을 주고 글씨를 써야 시원함을 느끼는 사람들은 부상 위험성이 더 크다고 볼 수 있다. 손을 다쳐 본 사람은 이 두 손가락이 얼마나 중요한지 잘 알 것이다.

필사 때문에 몸에 이상이 나타난다 해도 사람에 따라 통증 부위가 다르다. 다시 말해, 같은 작업을 해도 통증은 어깨와 팔, 손가락, 팔뚝에 각각 다른 양상으로 나타난다. 증상이 어떻든 필사하면서 무리했다는 것을 자신이 가장 잘 알 것이다. 생활 속에서 필사하는 손을 아껴야 한다. 오른손잡이라면 문을 여닫거나 가벼운 짐을 드는 것은 의식적으로 왼손을 쓰는 등 오른손의 부담을 덜어 주는 것도 좋다.

일주일 정도 시간이 지나는 사이에 손의 상태는 좋아졌다. 손가락에 압력을 가했을 때 약간의 통증이 느껴지는 것 외에 특별히 건드리지 않으면 문제될 것은 없어 보였다. 손이 좀 나아지고 보니 다시 필사를 시작할 수 있을 것 같았다. 연필을 너무 세게 잡지 않으려고 주의하면서 나는 조금씩 글씨를 쓰기 시작했다. 필사를 하니 살 것 같았다. 금지되었던 일을 할 수 있게 되었을 때처럼. 나는 다시 필사를 이어갔다.

나의 필사적 사랑법

프루스트의『잃어버린 시간을 찾아서』를 처음 읽은 것은 스물아홉 살 때였다. 가까운 서점에서 프루스트의 책을 구할 수 없어 종로서적으로 갔다. 정음사판 양장본 전집 다섯 권을 구할 수 있었지만 두 권이 빠진 채였다. 당시 종로서적 건너편에 헌책방이 하나 있었는데, 나를 기다리기라도 한 듯 눈앞에 찾는 책이 있었다. 나는 거기서 결번을 구했다. 책은 묵직했고 전집을 갖는다는 것만으로도 만족감은 컸다. 아무도 묻지 않았지만 누가 말을 걸기라도 하면, "아, 지금 프루스트 전집이 가방에 가득 들어 있어서 꽤 무거워요."라고 뻐기듯 말했을지도 모른다.

프루스트 읽기는 쉽지 않았다. 하지만 책을 탓하지 않았다. 이해가 잘 되지 않으면 나의 능력을 탓할 뿐 매끄럽지 않은 번역을 탓한 적 없고, 글씨가 작아 읽기 힘들어도 자신의 인내력 부족을 나무랄 뿐이었다. 어려움은 있어도 『잃어버린 시간을 찾아서』를 읽는 것은 독자가 도전할 수 있는 대장정 중 하나라고 여겼다. 나는 이미 프루스트라는 인물과 작품에 깊이 빠져 있었다. 그의 삶은 아주 매력적인 신화였다.

프루스트 읽기는 약 50일 동안 계속되었다. 느슨해지지 않기 위해 표를 만들어 하루의 독서량을 점검했다. 열기가 식으면 다시 도전하기도 힘들 것 같았다. 기록경기에 도전하는 것처럼 어제보다 오늘 많이 읽으려 했고, 그렇게 프루스트 읽기에 매달렸다. 밤에 나를 찾아온 친구는 자정이 될 때까지 기다려야 했다. 내가 아직 읽어야 할 분량을 채우지 않았기 때문이었다. 나는 극성스러울 정도로 프루스트 읽기에 매달렸는데 이렇게 하지 않으면 전집을 끝까지 읽어 낼 수 없을 것 같았다.

누구라도 그러하듯이 기억은 나를 들여다보는 키워드 중 하나다. 나는 왜 그 많은 것들을 잊으면서도 어떤 특정한 것을 잊지 못하는 것일까. 기억이란 어떤 맥락에서든 의미 있고 자신에게 각인되어 있기 때문이다. 어떤 것을 잊지 못한다는 사실만으로도 특별한 의미가 있다. 프루스트 책이 담고 있는 하나의 면인 기억은 그런 점에서 매력적이었다. 그가 작품 속에서 말하는 것 하나하나에 나를 대입해 보기도 했다. 프루스트의 작품은 나의 거울이었고, 나는 거기에 나를 비추어 보았다.

그의 작품에서 스토리는 수많은 기억과 사념과 생각을 꿰는 꼬챙이이다. 그 꼬챙이에 무엇이 꿰어 있는지, 기억과 사유의 시추공은 어느 정도 깊이까지 파고들어 갈 수 있는지를 유심히 지켜보는 것이 작품을 즐기는 방법 중 하나가 될 것이다. 나는 그가 이루어 낸 표현의 깊이를 바라보는 것이 흥미로웠다.

두 달 가까운 시간이 지나서야 전집 읽기가 마침내 끝났다. 다양한 등장인물이 몇 권 몇 장에서 나타나는지 색인으로 만들고 싶었고, 등장인물의 관계도, 작품에 언급되는 꽃과 나무를 도감으로 만들면 재미있겠다는 생각이 들었다. 전집을 읽기는 했어도 내가 이 책을 많이 이해하지 못했다는 아쉬움과 안타까움을 감출 수 없었다. 언제든 기회가 주어져 다시 읽게 된다면 지금보다 더 잘할 수 있을 것 같은 기분만이 내 것인 채 시간이 흐르고 청춘이 지나갔다.

시간이 흐르는 사이에 내겐 작은 변화가 있었다. 문학청년일 뿐인 나는 몇몇 위대한 작가들을 사랑하는 재능만 있을 뿐, 그들과 같은 작품을 쓸 능력이 없다는 사실이 분명해졌다. 적어도 이 동네에서 내 몫은 없어 보였다. 문학이라는 꿈에서 깨어나자 나는 더 이상 아무것도 꿈꾸지 않았다. 정확히 말하면 아무것도 꿈꿀 수 없게 된 것 같았다. 사명감으로 여기며 책을 편집하는 것으로 생활비를 벌고, 사장과 의견 다툼을 벌이고, 광고주의 심기를 거스르고, 편집자의 영역을 침범한다고 화를 내고, 늘 야근이나 철야를 하고, 결혼을 하고 아이가 태어나고, 언제나 일은 계속되고 되풀이되고, 시간이 흐르고, 세월이 지나고, 나는 지치고 껍데기만 남은 것으로 여겨졌다. 아무것도 꿈꾸지 않고 꿈꿀 수 없게 된 워커홀릭, 다만 좋은 독자가 되는 것이 내게 허락된 그다음 역할이라고 생각하며 시간을 흘려보냈다.

필사를 시작한 것은 우연이었지만, 필사를 시작한 이

상 프루스트를 필사하는 것은 필연이었다. 무엇을 먼저 필사하느냐 하는 순서가 있었을 뿐. 이 긴 책을 필사하느라 다른 책을 읽을 시간이 많이 줄어들어도 문제될 것은 없었다. 왜 그게 문제가 될까. 이 책만큼 나를 프루스트의 빛깔로 물들게 하고, 기쁨과 놀라움을 준 책이 없는 것을. 지난 시절, 『잃어버린 시간을 찾아서』를 읽은 후 나는 소설과 가장 가까운 장르의 글 하나를 썼는데 중요한 건 내가 쓴 글의 수준이나 성과가 아니라 그의 작품이 나를 그토록 충동질했다는 점이었다. 나를 격동케 한 그의 작품, 그에게 얼마간 영향을 받았다는 사실이 내겐 소중했다. 어차피 나는 사막에서 방향을 잃은 사람, 꿈이 없는 사람으로 살았다. 내가 거기에서 살아 나올 가능성은 없었다. 나는 존재하지 않는 사람과 다름없었다. 하지만 나는 필사를 하며 사막의 갈증을 견디고 스스로 자신감을 북돋우기도 하면서 사막의 시간을 견딜 수 있었다.

홍차에 적신 마들렌 한 조각을 맛볼 때 지난 시절의 일들이 떠오른 것은 이상한 게 아니다. 시간 날 때마다 좋아했던 작품을 필사하며 그 세계로 다시 들어가고, 깊이 몰입하는 것만큼 재미있는 놀이는 없으니까. 이 재미있는 놀이를 왜 모르고 살았나 싶었다.

같은 해 9월 15일, 마침내『잃어버린 시간을 찾아서』첫 번째 책의 필사를 마쳤다. 그리고 석 달 후 12월 20일엔 프루스트 제1권『스완의 집 쪽으로』를 마쳤다. 나에게는 기념비적인 순간이었다. 여세를 몰아 제2권『꽃핀 소녀들의 그늘에서』를 계속 필사했고 이듬해인 2016년 4월 22일에 필사를 마쳤다. 그 후로도 새로운 번역본이 나올 때마다 필사는 계속되었고, 2022년 현재 나의 프루스트 필사는 전집(민음사판)의 제8권까지 진행되었다.

필사하면 책의 내용을 더 잘 기억한다고 하지만 이 말은 맞기도 하고 틀리기도 하다. 프루스트 책 여섯 권까지 필사하는 데 13개월이 필요했다. 꽤 긴 시간이다. 단지 더 잘 기억하기 위해서라면 책을 여러 번 읽는 것이 더 낫지 않았을까 하는 생각이 들기도 한다. 그러나 필사는 기억 이상의 것, 그 너머를 바라보는 행위이다. 필사는 텍스트의 음미 속도를 늦춘다. 얼마나 많이 썼는지를 자주 돌아볼수록 느린 속도에서 오는 필사에 대한 회의는 더 커지고 피로해질 뿐이다. 호수 위를 걷는 베드로에게만 믿음이 필요한 게 아니라 필사자에게도 행위에 대한 믿음이 필요하다. 무의미한 짓을 하고 있는 것 아닌가 하는 생각을 지울 수 있는 것은 필사의 즐거움뿐이다.

의미가 생겨나는 것은 이차적인 문제다. 칡뿌리를 씹는 것은 그 즙으로 인해 배부르고자 함이 아니라 즙을 음미하고, 씹는 행위를 즐기는 것이다. 행위 자체에서 즐거움과 기쁨을 느끼지 못하면 필사를 계속할 수 없다. 필사는 무엇을 창조하려 함이 아닌 작품의 곱씹음 혹은 작가에 대한 사랑 고백이다.

오체투지라는 것이 있다. 양 무릎과 발꿈치 그리고 이마를 땅에 붙이는 인사의 하나로서 고대 인도의 예법이라고 한다. 어떤 티베트인은 이 오체투지로 2,000킬로미터 떨어진 라싸까지 간다고 한다. 놀라운 일이다. 그 행위로 해서 그가 받는 것은 없다. 그는 그것을 기쁨으로 알고 먼 길을 느리게 느리게 갈 뿐이다. 그에겐 오체투지가 마땅히 그래야 하는 행위, 평생의 소원, 가장 의미 있는 일이다.

그것은 길을 가는 여행자가 택하는 가장 비경제적이고

탈시간적이며 가장 어리석은 방법이다. 하지만 그들은 오직 이 방법만이 신에게 최고의 경의로 바쳐질 수 있다고 믿는다. 그들에게 중요한 것은 결과가 아니라 과정이며, 과정은 결과의 다른 이름이다. 이런 점에서 필사는 오체투지다. 필사는 어디에서 어디로 빨리 이동해야 한다는 신속성을 잊을수록 좋다. 오체투지에도 분명 목적지가 있고, 끝을 향하고 있지만 너무나 느려서 이동법이라고 부를 수도 없다.

책을 읽으며 텍스트 전체의 구조에 대한 이해도 중요하지만, 한 문장의 유의미함과 그 짜임에서 아름다움을 발견하면 더 좋을 것이고, 단어와 그 뒤를 잇는 단어에서 어떤 끈을 느낄 수 있다면 그 필사자는 자신이 짓는 집에 스스로 만족하며 살고 있다 말할 수 있다. 필사 속도가 느려서 문제라고 생각한다면 오히려 느릴수록 좋다고 생각하는 것은 어떨까. 다만 멈추지는 않을 정도로만.

필사는 즐거워야 한다. 적어도 괴롭지 않아야 한다. 즐겁지 않다면 잠시 쉬며 내가 왜 이것을 하는지 스스로 묻는 것도 좋다. 필사를 하지 않아도 욕을 먹지는 않을 테니까. 필사는 행복해야 한다. 분명 의미 있고, 중요한 일이라는 확신이 있어야 한다. 필사는 고행이 아니다. 어떤 경우에든 행복할 것, 자기를 즐겁게 해 주어야 한다. 필사는 아주 쉽기만 한 것은 아니지만 참아 내기만 하는 것도 아니다. 나를 달래고, 위로하고, 즐거움을 주는 필사라면 최고의, 가장 바람직한 필사가 될 것이다.

필사는 저공비행이다. 일반적인 독서에서 보지 못하는 것을 더 느리게 천천히 진행하며 볼 수 있기 때문이다. 얼마나 잘 기억할 수 있는지는 둘째 문제다. 설령 잘 기억하지 못해도 실망할 필요는 없다. 필사를 하는 이는 작가에게 가장 큰 사랑을 바치는 사람이다. 그러나 그보다는 그것을 통해 자기의 길을 가는 사람이다.

필사는 사랑의 행위이다. '필사의 이유'는 '그를 사랑하는 이유'와 같은 말이다. 빨리 해치워야 하는 일이 아니고 아무리 느려도 감정을 유지할 수만 있다면 오래 지속되는 것이 좋다는 점에서 그렇다. 나는 필사를 통해 문장과, 작가의 정신과 사랑을 나눈다고 믿는다. 작가에게 나를 어떤 방식으로 사랑해 달라고 요구하지 않고, 내 방식으로 사랑할 수 있어서 좋다. 그가 침묵하고 있다는 것을 알기에 왜 내게 말하지 않느냐고 채근

하지 않는다. 나는 텍스트를 통해 그의 옆모습만 보아도 좋다. 그를 아주 사랑하기 때문이다. 나보다 그를 더 많이, 더 잘 아는 사람은 많다. 하지만 내 방식의 사랑에서는 내가 최고다, 하는 긍지도 가져 본다. 이게 나의 필사적 필사, 필사적 사랑법이다.

지난 일을 돌아보자니 필사가 숨 가쁘게 진행된 느낌이다. 하지만 쫓기지는 않았다. 누가 쫓겠는가. 필사의 동기도, 추동력도 내게서 나온 것을. 마감 시간도 없는 필사 아니던가. 하루하루가 설렘 속에서 시작되고 시간이 흘러갔다. 10분은 짧고 15분 정도의 여유만 있어도 카페로 들어가 자리를 잡고 필사 노트를 펼친 날도 많았다. 내가 작품을 쓰고 있는 듯한 착각에 빠진 적도 있었다. 이런 기쁨이 그때로 끝나지 않은 것이 다행이다. 아직 내겐 필사할 시간이 남았을 테니까. 잠들어 있던 내 존재를 깨워 준 것이 필사였으니까.

너의 바다, 나의 물웅덩이

친구 J는 밤늦게 퇴근하다가 차를 돌려 동해로 달려갔다. 내 주변에도 드라마에서나 나올 법한 인물이 하나 있는 셈이다.

카메라가 돌아간다. 아무도 없는 해변, 저 혼자 철썩이는 파도, 망연히 바라볼 뿐인 바다, 시간이 흐르고, 푸르게 밝아 오는 하늘. 카메라는 J의 뒷모습과 바다를 동시에 한 프레임에 담고 있다. 한 사람이 그의 곁으로 다가오고, 둘이 이야기를 시작한다면 영락없이 드라마가 되겠지만 나의 소박한 상상력은 그가 꼼짝도 하지 않고 바다를 바라보는 모습을 롱테이크로 그려낼 뿐이다.

나는 다음 날 아침에 벌어질 일을 걱정하는 사람이지만 드라마 작가는 그럴 필요가 없다. 그는 상황을 마음껏 펼쳐 놓기만 하면 될 사람일 테니까. 곤란하면 장면 전환, 타개책이 필요할 때는 우연이라는 조커를 불러내기만 하면 된다. 그는 이야기 밖의 신神이다.

나는 그의 바다행에 놀랐다. 다음에 벌어질 일들에 관한 비극적 상상에 탁월한 나와 달리 그가 너무 멋있어 보였다. 그것은 한 번으로 그치지 않았다. 가끔 만날 때마다 그는 "나, 바다 갔다 왔어."라고 수줍게 말하곤 했다. J는 말을 하자마자 나를 향하던 시선을 돌리고 고개를 가볍게 주억거렸다. 그 끄덕거림에는 '네가 놀라리라는 걸 안다.' 혹은 '대단치는 않아. 그저 그렇다는 거지.' 하는 의미가 담겨 있는 것 같았다. 각각의 의미가 있는 것 같기도 하고, 그 전체가 하나인 것 같기도 하고.

그는 드러내 놓고 자랑하지는 않았다. 자랑은 부끄러운 일이라고 생각하는 것 같기도 하고, 다른 사람이 놀랄 만한 일이라 해도 스스로는 단순한 근황으로 여기는 듯하기도 했다. 나는 생각했다. 왜 바다는 J를 부르고 나를 부르지는 않는 것일까. 왜 내게는 바다로 달려가고 싶은 충동이 생기지 않는 것일까. 단 한 번도.

나는 바다를 그리워해 본 적이 없다. 바다의 매력을 모른다는 것이 더 정확한 표현이겠지만, 안다 해도 한밤에 바다로 가기 위해 차에 시동을 걸 것 같지는 않다. 바다, 멀리 수평선 너머까지 검푸른 구름을 풀어놓는 바다, 백사장의 흔적을 지우는 파도, 잠파노•가 울었던 바닷가. 그러나 내 그리움은 바다의 크기에 반비례하는지도 모른다. 그게 아니라면 내 귀가 소라 껍데기를 닮지 않았을지도.

나도 물이 있는 곳으로 가고 싶다. 바다와 비교할 수 없어도, 호수만큼은 아니어도, 양어장보다는 큰 저수지면 말없이 바라보기에 충분할 것이다. 거기에 오리가 있고, 불어오는 바람이 만들어 낸 물이랑이 내 쪽으로 밀려온다면 만족스러울 것이다. 물에 비치는 햇살은 참을 수 있을 만큼만 눈부시고, 너울거리는 빛에 약간 거북함을 느끼면서도 망연한 눈빛으로 계속 바라볼 수밖에 없는 그런 시간. 생각은 이미 멈춘 듯하고 느낌의

• 페데리코 펠리니 감독의 영화 〈길〉 (1954)의 주인공.

말줄임표만 세 개, 여섯 개, 아홉 개 계속 이어지는 듯 한 순간과 순간의 이어붙임 또 이어붙임. 생각과 느낌은 균형감을 신경 쓰지 않고, 어떤 느낌에 대한 골똘한 바라봄만 계속 커 가고 고이는 그런 시간. 느낌은 한 줄 시행으로 바뀌기도 하지만, 이걸 적어 놓아야 하는데 하는 사이에 생각은 다른 생각에 밀려가고 잠시 후에 잃어버린 물건을 찾으러 지나온 길을 거슬러 가듯 조금 전의 느낌으로 다시 돌아오지만 그것의 모양과 빛깔은 달라져 적어 놓을 수도 없고 그럴 필요도 없게 되어 있다. 그 느낌은 표시해 놓을 수 없는 물 위의 한 지점처럼 아무도 보지 못한 사이에 가뭇없이 사라져 버린다. 느낌은 짧은 순간 나를 스쳐 갔을 뿐 처음부터 없던 것과 다름없는 것이 되어 있다.

오래전부터 이런 상실을 숱하게 겪었다. 같은 이유로 밤에 글을 쓰는 것도 위험하다. 밤에 쓴 글을 낮에 보면 그것은 햇빛 아래 상한 생선처럼 변질되어 있다. 누가 내 것을 가져가고 다른 것을 두고 간 것 같다. 느낌에는 그것만의 불규칙한 문법이 있다. 그 문법을 잘 알아야 한다. 그래야 밤과 낮의 일교차를 견딜 수 있는 느낌을 적어 놓을 수 있는 것이다. 밤에 쓴 글은 낮의 느낌으로 검증해야 한다. 아직 아침이 오지 않았다 해도. 그 느낌을 길게 쓰기는 어려웠을 거야, 그래 시가 될 수 없는 한 줄이었어, 대단치 않은 느낌이었어… 그리고 느낌의 재현을 단념한다.

차가운 바람이 불어오고, 사람들은 없는 것과 다름없이 가끔 나타날 뿐인 이 저수지가, 이 물웅덩이가 마음에 든다. 한 번도 상상해 본 적 없는, 그러나 너무도 마음에 드는 시간이 지금 펼쳐지지만 이 순간과 시간을 보관할 수도, 유지할 수도 없다는 사실을 받아들인다. 햇빛이 물 위에 끓고 있는 듯, 은어떼가 뛰어오르는 듯, 그러나 잔잔히 밀려올 뿐인 물이랑을 바라본다. 저 싫증 나지 않는, 한없이 밀려오는 무한 반복의 카논. 나는 이 물가를 떠나고 싶지 않다. 이것은 나의 고백이다. 고백은 홀로 침묵 속에 이루어진다.

어디선가 사그락거리는 소리가 들려온다. 그건 출렁이는 물 위에 뜬 얼음 조각들이 부딪치는 소리다. 오래지 않아 날이 풀리면 얼음은 사라질 것이고 이 소리도 들을 수 없게 될 것이다. 그러면 물소리는 더 부드러워지겠지. 하지만 이 소리를 들을 수 없으리라는 생각에 또 아쉬워진다. 오늘 내 마음이 이상하다. 마음은 왜 이별을 견디지 못할까, 생각하고 또 생각하며.

바다가 나를 부르지 않아도 이제 아쉽지 않다. 내 마음 속에는 물웅덩이가 있다. 마음의 물가에 찰랑거리고 또 가뭄에도 물이 줄지 않는. 너의 바다, 나의 물웅덩이. 너의 바다에는 모비 딕이 출몰하고 나의 물웅덩이에는 오리 몇 마리가 조용히 추위를 견딘다. 너는 바다로 달려가고 나는 작은 물웅덩이 곁에서 가만히 있다. 오리 몇 마리가 물 위에 떠 있는 모습을 지치지도 않고 눈으로 좇으며.

혹시 연필 좋아하세요?

여자는 오지 않았다. 그를 볼 수 없게 되자 안부가 궁금해졌다. 사정이 있겠지만 다음 주에는 볼 수 있을지, 기다림의 시간이 길게 느껴졌다. 사람으로 붐비는 아스팔트 위의 벼룩시장이 텅 빈 것처럼 느껴졌다. 그가 없다면 더 볼일도 없었다. 나는 사무실로 돌아왔다.

여자는 연필을 팔고 있었다. 그의 무릎 아래 놓인 것이 연필임을 알아보기는 어렵지 않았다. 연필을 좋아하는 사람들은 본능적으로 길쭉한 것에 이끌리고 또 그런 모양의 것을 연필과 연관 지어 생각하기 때문이다. 나무 젓가락도 빨대도 연필로 보인다. 지우개가 있든 없든 연필엔 연필만의 독특한 아우라가 있다. 그걸 놓칠 수는 없다.

여자는 오스트리아 국적의 욜리Jolly 연필을 팔고 있었다. 햇볕 쨍하고 얼굴을 익힐 듯 열기가 후끈 올라오는 아스팔트 위의 벼룩시장에서 욜리 연필을 보게 되다니! 너무 뜻밖이고 기대도 하지 않은 순간이었다. 그는 진한 선글라스에 캡을 쓰고 있어서 얼굴을 볼 수는 없었다. 무릎 아래로 늘어놓은 연필 상자. 연필 외에도 진열된 것이 있었지만 그 밖의 것들은 기억에 없다. 내 눈에는 오로지 연필만 보였을 뿐이다. 욜리 연필의 종이 상자는 초록이거나 카키색으로 디자인되어 있었고 연필도 비슷한 색이었다.

소리 없이 사냥감에 접근하는 포식자처럼 나는 여자에게 다가갔다. 침묵 속에서 가슴이 뛰며 내가 꽤 집중하고 있음을 느꼈다. 연필은 다양했다. 삼각, 사각, 원형의 연필에 색연필도 있었다. 가격은 한 더즌에 5천 원. 비싼 건 아니지만 벼룩시장의 불문율에 따라 가격을 좀 깎아 볼 생각으로 흥정을 시도했더니 여자는 “아유, 내가 이걸 어떻게 샀는데…….” 하는 말을 탄식처럼 내뱉었다. 그리고 내게서 시선을 거두어들였다. 팔지 않아도 그만이라는 신호였다. 그 순간 그의 괴로움이 내게 전해 오는 듯했고 더 이상의 흥정은 도리가 아님을 알았다. 흥정은 새로운 연필을 맞아들이는 이의 자세가 아니다. 1, 2천 원을 두고 다투는 것은 욕망하는 연필의 격을 떨어뜨리는 실례이기에.

색연필은 쓰지 않으니 제외하고 종류별로 한 더즌씩 손에 쥐었다. 하나만 살지, 욕심을 내서 두 개씩 살지 망설이다가 연필의 필감을 잘 모르니 하나씩 고르는 쪽을 택했다. 나는 여자에게 다음 주에도 장마당에 오는지 물었다. 온다는 그의 대답. 마음이 놓였다. 그가 욜리 연필을 많이 가지고 있는 이유에 대한 궁금증. 저 연필을 수입이라도 한 건지, 욜리 연필은 어떻게 샀고, 왜 같은 것을 많이 샀는지, 마니아로서 그는 어떤 연필을 좋아하는지, 그 또한 연필을 좋아하는 사람이 분명할 터, 모은 연필에는 어떤 것이 있는지 등등. 그러나 어떻게 추측해도 진실을 알 수는 없었다.

나는 사 온 연필들을 종류별로 하나씩 깎아 글씨를 써 보았다. 시필을 할 수 없는 상황에서 골랐지만 연필의 품질은 훌륭했다. 욕심껏 연필을 사지 않은 것이 후회스러울 정도였다. 둥근 연필(모델명 1650)은 심의 입자감, 사각거림이 좋았고 심도 단단했다. 컬리난Cullinan이라는 이름의 육각 연필은 심의 밀도감이 좋고 진한 동시에 매끈한 종이와 잘 맞았다. 무엇보다 무르지 않아 마음에 들었다. 두 연필의 필감은 아주 달랐지만 하나같이 만족스러웠다.

흔히 빈티지 연필이라고 부르는 지난 시대의 연필을 보면 그 정교한 만듦새와 정성에 감탄하게 된다. 연필의 좁은 몸통('배럴barrel'이라 부른다) 위로 각양각색의 폰트가 음각되어 있고 그 안으로 찬란하고 고풍스러운 금박(혹은 은박)이 골을 채우고 있다. 마치 상감기법으로 연필을 만들기라도 한 것처럼. 금박은 시간이 지나면서 먼지가 묻고 처음의 광택이 흐려져 있지만 오히려 이것이 연필에 더욱 연륜을 더하는 느낌이었다. 이 멋진 연필을 보면서도 욕심내지 않고 굳은 마음을 유지할 수 있는 사람은 진정 복 있는 사람이다. 갖지 못해도 안달하지 않고 괴롭지도 않을 것이기에. 그러나 나는 이 고

색창연한 연필에 마음을 빼앗겨 그것이 아니면 안 된다는 듯 매혹과 미혹 사이에서 늘 흔들리곤 했다.

다른 이의 컬렉션에서나 보던, 이름만 듣던 빈티지 연필을 구했을 때의 기쁨은 참으로 크다. 연필에서 이런 황홀경을 맛보는 사람은 현혹되었다고 할 수 있을 정도로 지독히 연필을 좋아하는 사람이다. 한 자루의 스테노 연필(steno. 흔히 속기 연필이라고 부른다), 이글의 터콰이즈 연필, 에버하드 파베르의 반다이크 연필, 딕슨의 엘도라도 연필을 가졌을 때 가슴의 두근거림, 너무 기뻐서 비현실적이기까지 한 느낌은 오로지 이들에게 바쳐지는 찬사에 다름 아니다. 한 시대를 풍미하고 사라졌다 해도 그들의 흔적은 혜성의 긴 꼬리처럼 지금도 남아 있다. 핼리혜성은 76년 주기로 다시 찾아오겠지만 이들 아름다운 회사는 다시 이 세상을 지배하지도 풍미하지도 못할 것이다. 우리가 보는 별빛은 이미 오래전의 것이듯 다이아몬드 속의 별은 사라지고 없다(연필회사 에버하드 파베르의 로고는 다이아몬드 속에 별 하나가 자리 잡고 있는 모양이다. 그 별은 지난 시대에 빛났던 별이다).

코이누르, 이글, 딕슨, 에버하드 파베르, A.W.파베르,

J.S.스테들러를 추억한다. 이들은 연필의 역사에서 하늘의 별처럼 빛났던 존재들, 기념비적인 작품을 남긴 회사들이다. 이들의 이름을 기억하는 사람이라면 현혹된 사람, 연필의 아름다움 앞에 가슴 설렘을 여전히 간직하고 있는 사람일 것이다.

연필은 예쁘다. 연필은 정교하다. 나보다 먼저 세상에 나온, 잘 만들어진 연필을 손에 쥐고 있으면 마침내 이 연필을 갖게 되었다는 설렘과 기쁨이 온몸으로 번진다. 나는 늘 이런 느낌을 원했고 연필의 아름다움에 지나치게 매혹되었다. 매혹은 소유욕을 부추긴다. 심장박동을 빠르게 하고 소유하지 못한 연필 앞에서는 상실감을 느끼게 하는 갈증. 그건 하나의 병, 즐거운 병이었다.

나는 연필의 품성과 그들의 완성도를 찬양한다.
J.S.스테들러의 미네르바여, 너에겐 아기자기함과 따스함이 있다. 단 한 자루 연필의 아쉬움 속에서 나는 늘 이별을 준비하며 감미로움과 안타까움이 섞인 감정을 느낀다. 마스 루모그래프 2886에게도 안부 전해 주길. 말수는 적은 듯해도 나는 그가 훌륭한 연필이라는 것을 알아보았다.

스타빌로의 마이크로 8000이여, 매끄러움과 균형 잡힌 모습, 연필로서 완벽한 그대. 네가 칭찬받는 데는 이유가 있다. 요절 시인처럼 단종된 모델이여.
에버하드 파베르의 반다이크여, 나는 너에 대한 편애를 감추려 했지만 번번이 실패하곤 했다. 나는 너를 고이 받쳐 든다. 가장 부드러운 손길로 너를 만진다. 너를 보면 여전히 설렌다.
이글의 터콰이즈, 나의 첫사랑. 너와 행복했던 순간들을 여전히 기억하고 있다. 훌륭한 품성 지닌 제왕 중 하나. 너는 연필에게 요구되는 미덕을 완벽하게 가지고 있다.
A. W. 파베르의 카스텔 9000이여, 순결한 필감이여. 나는 너를 쥐고 시를 필사하는 것을 얼마나 즐겼던가. 백석, 윤동주, 김소월의 시를 필사하기에 너는 어떤 연필보다도 적합했다.

나의 연필 컬렉션을 본 한 사람은 이 정도의 연필을 다 쓰려면 두 번, 세 번의 생애가 더 필요할 것이라고 말했다. 사실 그렇다. 또 한 번의 연필 쓰는 삶을 살 수 있다면, 그러려면 두 번은 더 새로이 태어나야 한다. 그때에는 아주 어릴 적부터 연필을 사랑하리라. 중간에 다른 필기구에 눈을 돌리지 않고 오로지 연필만을 사랑하리라. 내가 남긴 이 연필을 다른 사람이 알 수 없는 곳에 깊이 감추어 두고 다시 태어나 그 숨긴 곳을 기억해 내리라.

태양은 매초 핵폭탄 7,000개가 폭발하는 에너지를 방출한다고 한다. 태양의 시간은 앞으로 20억 년 남았다. 나의 4H 연필. 내 시간보다 그의 시간이 더 길 것이다. 그는 햇빛을 받으며 자기의 흑연을 고요히 더디게 연소한다. 딜런 토마스는 푸른 도화선 속 꽃을 몰아가는 힘을 노래하고, 그렇다면 나의 손은 그 흑연을 닳게 하는 힘이다. 나의 우주는 홀로 여유롭다. 아침 햇살을 망연히 바라보며 연필을 손에 쥘 수 있는 시간을 가질 수 있다면. 종이 아래에 책받침을 대고 알맞은 필압으로 글씨를 써 나가면 연필은, 연필이 품고 있는 느낌은, 나는 존재해요, 이렇게 분명히, 당신이 나를 찾아낸 거예요, 하고 말하기 시작한다.

엘도라도('황금의 땅'이라는 의미. 딕슨 사가 만든 연필 이름이기도 하다)와 『잃어버린 시간을 찾아서』와 빈티지 연필. 그런대로 연결이 되는 것 같다. 지나간 시간은 황금처럼 빛나고 인류의 첨단기술로 연필을 만들던 시대는 이미 저물고 지나가 버렸어도 우리는 연필의 '벨에포크'•를 그리워하고 기억하고 있으니.

나는 딕슨의 연필 중 하나를 손에 쥐어 본다. 100년 전에 만들어진 딕슨의 걸작 엘도라도. 그중에서도 4H 연필은 오늘 처음 만져 본다. 딱딱한 고경도 연필을 쓰긴 하지만 4H 이상의 고경도는 거의 쓰지 않는다. 엘도라도는 오래전 연필이다. 게다가 타이포니트Typhonite 공법을 적용하기 전의 연필이니 당연히 더 오래된 연필이다. 'The master Drawing Pencil'이라는 각인이 그 증거다. 아무리 좋은 연필이라 해도 경도가 무려 4H이기 때문에 이 연필에서 기막힌 필감을 얻으리라는 기대는 없었다. 그런데 내 짐작이 틀렸다. 이 연필은 아주 훌륭하고 심의 순도가 높아 이물감도 없다. 이미 사용하는 연필이 적지 않으니 이것 하나만으로도 1년을 쓸 수 있다. 지금 나는 이 한 자루 연필로 인해 만족스러움에 휩싸인다.

왜 사람마다 좋아하는 연필이 다른지 생각해 본 적이

• '좋은 시대'라는 의미(1871년에서 1914년까지 서유럽이 평화와 번영을 누렸던 시기).

있다. 이론화하기 어려운 이 물음에 대한 내 추측은 이렇다. 물질에 고유진동수라는 것이 있듯이 사람에게는 어떤 도구를 손에 쥐었을 때 그것으로 인해 비롯되는 저항감을 수용할 수 있는 폭과 그 저항감에서 쾌적함을 느끼는 범위가 있을 것이다. 이것은 손의 감각과, 종이와 연필심의 마찰 부분에도 적용된다. 심끝을 통해 느끼는 뛰어난 필감(기분 좋은 저항감)은 심의 이물감 때문에 깨지기도 하고 아주 균질적이고 미세한 심에 의해 가능해지기도 한다. 뛰어난 필감이란 각 개인의 감각과 연필심 끝의 기분 좋은 제동력과 같은 여러 요인에 의해 결정되지만 이것을 수치화하기란 불가능한 일이다.

한 자루의 연필, 한 권의 노트가 마음에 드는 정도가 아니라 자기 영혼의 결과 무늬에 꼭 맞아 어떤 결핍을 채워 주고 마음의 가시를 잊게 해 준다면 큰 위로를 받을 수 있는 것이다. 이 순간은 결코 하찮지 않다. 더 바라는 것이 있다면 이 순간이 더 오래 지속하기를 바랄 뿐. 어린아이에게 동전 하나가 만족을 주듯 가난한 마음에 쥐어 주는 작은 연필 하나를 마음에 품는다. 주머니 안에는 짧은 연필이 한 자루 들어 있다. 한 자루 연필이 있다는 것은 아직 어떤 가능성 하나가 버려지지 않은 채 남아 있다는 뜻이다. 가난한 이의 주머니 속에 든 한 덩이 빵처럼 나는 그것을 소중히 간직한다.

한 자루의 연필 혹은 필기구 앞에서 왜 흥분과 설렘을 갖는지 생각해 보면 그것으로 인해 어떤 일이 가능할 것이라는 믿음이 깔려 있는 것은 아닌가 싶다. 『사기열전』에 나오는 '장의'라는 인물이 밖에서 죽을 만큼 흠씬 맞고 집으로 돌아와 아내에게 자기 혀가 제대로 붙어 있는지 봐 달라고 했을 때처럼 연필은 그 연필을 쥐고 있는 사람의 혀가 될 것이기 때문이다.

나는 이 연필로 필사했다. 윤동주와 김승희, 헤세를. 마르셀 프루스트와 허먼 멜빌, 카뮈를. 황동규와 허수경, 기형도와 나희덕을. 그리고 수많은 우리 시인들의 작품을. 나의 필사는 편파와 편애의 한국현대시선집이 될 것이다. 시 필사가 즐거운 것은 시 한 편으로도 짧은 시간에 시의 분위기에 젖어들 수 있기 때문이다. 슈베르트의 피아노 소나타 18번 1악장(D.894)이 흘러나오는 가운데 카모마일 티백이라도 우리며 시 한 편을 필사하노라면, 나중 일은 어떻게 되어 갈지 염려하는 데서 벗어나 현재의 시간에 오롯이 집중하게 된다.

특별한 텍스트를 좀 더 특별한 빈티지 연필로 필사함은 내 필사를 더욱 즐겁게 해 주었고 더욱 의미 있는 일로 만들어 주었다. 그렇게 믿고 싶었다. 별처럼 빛나는 시와 고전을 오래전에 정성 들여 만든 특별한 연필로 필사하려는 마음은 전혀 이상한 일이 아니기에. 뭔가 이상한 일을 하고 있는 사람을 보거든 그 이유를 사랑 때문일 거라고 생각하면, 아마도 문제의 절반을 맞힐 수 있을 것이다. 나의 필사는 아주 이상하게 보일 만한 것이었지만, 그 행위의 바탕엔 사랑이 있었다.

먼 훗날 그동안 모은 연필을 파는 가게를 내어 보는 상상을 해 보기도 한다. 연필을 팔아서 이득을 남기는 것보다는 연필이 좋아서 몇 자루 연필을 사러 오는 사람을 만나고 싶은 것이다. 그들과 나는 연필의 필감과 좀처럼 구하기 어려운 연필에 대해 이야기하고, 때로는 서로에게 없는 연필을 교환해 사용하는 상상을 해 보기도 한다. 연필 한 자루 얻었다고 키득키득 웃으며 궁금증을 못 이겨 서둘러 깎아 써 보는 시간은 얼마나 즐거울 것인가. 이건 순전히 쓸모없고 공연한 상상일 뿐이라는 걸 알지만 나는 참으로 고집스럽게 자기의 길을 가는 사람처럼 같은 상상을 되풀이한다.

긴 겨울이 지났다. 봄의 기운이 완연해진 후에야 벼룩시장도 개장했다. 봄을 기다린 이유 중 하나는 벼룩시장에서 그를 다시 만나고 싶었기 때문이다. 토요일이 되고 중앙공원 앞 도로가 폐쇄되었다. 벼룩시장이 다시 열린 것이다. 긴 도로를 왕복하며 그를 찾았다. 마침내 그의 '연필 가게'를 찾았을 때의 반가움이란! 그는 내가 얼마나 기다렸는지 모를 것이다. 나는 그가 가지고 나온 연필을 모두 샀다. 이 연필을 노리는 경쟁자는 없는 것 같았다. 프루스트 필사가 일단락된 것을 스스로 기념하고 싶어 몇몇 사람에게 서너 자루씩 연필을 보내 주었더니 누군가 필감이 좋다며 감사 인사를 전해 왔다.

연필을 쓰면서 꿈꾸는 것 같은 기분이라고 말하면 과장이 심한 사람이라고 웃을 것이다. 그러나 사실이다. 조금 전에도 잠사에서 누에가 한밥 먹는 소리 같은 연필의 사각임 소리에 취해 있었다. 사각임 소리가 피어나고 또 사라지는 것을 즐긴 것이다.

가까운 곳에 연필을 좋아하는 사람이 있다면 얼마나 좋을까 생각해 보곤 한다. 연필 이야기를 하며 수다나 떨고 싶은 오후가 있다.

"이 느낌 어때요?"
"연필 예쁘지 않아요?"

연필 사각이는 소리

새벽의 필사

오늘 새벽, 내가 필사하는 문장들이 전과 다르게 느껴진다. 왜 문장들이, 단어가 하나같이 의미를 담고 있는 것 같은지 알 수 없다. 물론 말들은 의미를 담고 있지만, 그게 당연하지만 전에는 이런 식으로 다가오지 않았는데. 그 의미가 살아 있는 듯, 나를 바라보는 듯 느껴지기까지 한다.

나는 한 글자 한 글자를 적어 나간다. 그럴 때마다 한 걸음 한 걸음 앞으로 나아가는 것만 같다. 단어의 결을,

작은 마을 하나를 지나가는 것만 같다. 그러면서 이제 이것으로 끝일지도 모른다고, 내가 이런 느낌을 갖는 기회는 다시 오지 않을 수도 있다는 생각이 든다. 낯설지만 너무 반갑고 특별한 느낌. 그 드문 순간이 지금 이 순간이고, 내가 그것을 느끼는 것이다. 나는 이 생각과 느낌이 깨어지고 사라질까 봐 조심스러워진다.

오래전, 내가 새벽에 지나갔던 마을을 생각한다. 그 고요한 마을, 그곳을 지나는 사이에 아무도 만나지 못했다. 이상하게도 아무도 밖으로 나오지 않았다. 지금 생각하면 참 신기하다. 큰 마을은 아니었어도 어떻게 한 사람도 밖으로 나오지 않았던 걸까. 나는 도둑처럼 조용히 그 마을을 지나갔다. 한 문장을 쓰고, 그다음 문장을 쓰는 것은, 그러한 지나침, 사람들이 살고 있는 것처럼 의미가 살고 있는 집을 지나가는 것과 같다. 철거를 앞두고 사람들이 모두 떠난 빈집이 아닌, 살아 있는 사람들이 숨으로 공간을 가득 채우고 있는 집. 그 둘의 지나침은 다르다. 그들과 나 사이에는 얇은 벽 하나가 있을 뿐이니 안에서 내 걸음 소리를 들을 수 있고, 나 또한 문에 귀를 가까이 대면 그들의 숨소리까지 들을 수 있다. 사람들의 숨결이 그 집을 떠받들고 있는 것만 같다.

의미가 단어를 집 삼아서 그 안에서 살고 있다.

포도 한 송이, 복숭아 한 알이 나를 바꿀 수 없지만 자주 기쁨을 준다. 글과 문장에서 늘 감동을 받는 것은 아니지만 그것과 함께 살며 꿈꾼다. 아무도 내가 꿈꾸는 줄 모른다. 내 꿈은 나도 모르는 사이에 꾸는 꿈이니. 하지만 꿈에서 깨어나면 꿈이었구나 한다. 문장의 곁을 지나며, 불 켜진 창처럼 밝은 문장을 읽으며 나는 꿈꾸고 이 꿈에서 깨어나지 않았으면, 하고 바란다. 새벽 꿈에서는 사각거리는 소리가 난다. 누가 글씨를 쓸 때 들려오는 소리처럼. 그 서늘한 소리는 한 사람이 지치지도 않고 어디에서 어디로 가는 소리다. 외로움도 없이 믿음을 갖고 움직여 가는 발걸음 소리다.

따스한 햇빛 속의 침묵

오전의 필사

급한 일도 어느 정도 마무리되고 이제 한숨 돌릴 수 있게 되었다. 이제 한 잔의 커피, 한 잔의 차가 준비된다. 약간은 멍한 상태로 긴장이 풀어진 눈빛의 시간. 이른 아침의 태양은 낮게 떠 있다. 창문으로 들어온 햇빛이 조금씩 고도를 높이며 떠오른다. 설익은 듯, 덜 구워진 듯한 햇빛은 시간이 지날수록 점차 힘을 얻는다. 내가 언제부터 햇빛에 민감하게 반응했던가.

필사는 모르고 있던 자신의 모습을 드러내 보여 준다.

내게 다가오는 말과 문장 들은 나의 다른 모습을 비추며 지나간다. 거울로 햇빛을 반사하여 그늘진 응달을 비출 때처럼. 거기엔 취향도 있다. 예전에는 햇빛 속에서 시끄러운 소리가 들려오는 듯했는데, 저 태양이 단순한 조명일 뿐이었는데 이제는 저 햇빛에서 영양분을 공급받는 것만 같다. 햇빛이 창가에 비치고 방으로 들어오면 틀린 글씨 하나 없이 멋진 시 하나를 잘 필사하고 싶다. 연필도 희미하게 그림자를 선물 받는 시간. 햇빛이 노트에 내려앉는 모습을 사진에 담아 본다. 햇빛은 자신이 비추는 사물과 그것의 그림자 때문에 느낌 있게 살아난다. 가장 느낌이 좋은 오전의 햇빛과 나누는 말 없는 대화의 시간을 놓치지 말아야 한다.

필사는 햇빛이 비쳐 오는 가운데 침묵 속에서 묵묵히 이루어진다. 아침 필사는 베껴 쓰기 자체에 지나치게 몰두하지 않아도 될 것 같은 여유를 준다. 음악을 자주 바꾸어도 괜찮고, 물을 끓이고 잔을 데우는 등 손이 많이 가는 차를 우려도 번거롭지 않은 느긋함이 있다. 유배 중인 정약용 선생은 걸명소•를 써서 혜장선사에게

• 걸명소(乞茗疏)는 차를 구걸하는 글이라는 의미.

한 줌의 차를 청했다. 차가 필사 분위기를 더욱 밝게 해 줄 것이다. 차를 고르는 감미로운 고민이 길어진다.

좋다, 모든 것이. 아무것도 문제되지 않는다. 이야기 속의 카르멘은 잠시 후에 닥쳐올 불행한 기운을 예감하지만 그것을 무시하고 현재에 집중한다. 나 역시 현재의 만족스러움에 집중한다. 차는 식어 한 모금 남았을 뿐이고, 거리가 햇빛으로 밝아졌다가 잠시 후 다시 수그러든다.

침묵이 밝음과 온화함 속에서 편안하게 떠오른다. 너무 비감하지 않은, 너무 절박하지 않은, 너무 달콤하지 않은 글에 어떤 것이 있을까. 그것을 고요히 필사하고 싶다. 그리고 다 옮겨 적은 후에는 그 글을 내가 쓴 것처럼 기뻐하리라.

노트 위로 추억이 번질 때

오후의 필사

필사 노트에 오후의 햇살이 찾아온다. 서걱서걱한 오전의 햇살이 아니라 잘 익은 오후의 햇살. 더 익기 전에 먹어야 하는 바나나 같은, 라면 같은, 지금이 딱 좋은 오후의 햇살. 그것이 몇 시인지를 콕 집어 이야기하기는 어렵다. 보들레르의 '취할 시간'에 시각이 없듯 지금은 오후의 햇살이 축복처럼 내리는 시각일 뿐이다. 바람이 불어와 블라인드를 가볍게 흔든다.

기억 속에서 나는 떠나온 지 오래인 소요산의 겨울 숲

을 불러낸다. 그 숲도 조금씩 저물고 있을 것이다. 눈이 많이 왔던 그해 겨울, 숲에서 낮 시간을 보내고 저녁이 되어 떠나오면서 나는 자꾸 뒤를 돌아보았다. 이곳을 다시 찾아오기는 쉽지 않을 것 같았다. 설령 다시 온다 해도 그날처럼 온누리에 가득한 눈으로 맞아줄 가능성은 없을 것이기에. 오랜 시간이 지나고 또 오후 5시 무렵이 되면 그 숲을 떠올리곤 한다. 그때도 아마 이 시간쯤이었을 것이다. 겨울 산에서는 더 빨리 해가 지니까. 나는 안타까운 듯한 감정에 고통스럽지 않게 시달린다. 마음에 불이 켜진 듯 갑자기 찾아온 상실감이 나를 쥐어짜 눈물이라도 보고 싶어 하는 눈치지만 나는 무심히 견딘다.

손은 필사하는 텍스트를 따라가고 있지만 마음은 기억 속의 화양연화를 추억한다. 필사는 머리를 비워 주기도 하지만 때로는 너무 많은 생각을 불어넣는다. 해찰은 너무도 달콤하다. 글 속에 들어가 있을 때도 좋고, 나와 있을 때도 좋다. 휴일이 되어 사람이 부쩍 줄어든 거리 같다. 종이 위에 쓰인 글씨를 바라본다. 글씨는, 내 손이 지나온 흑연의 흔적은 햇빛을 반사하여 물 위에 빛나는 햇살처럼 빛난다. 지금 나는 빠르게 달리는 배를 탄 채로 물을 가르며 나아갈 때의 흰 물거품을 본다고 상상해 본다. 종이 위에는 그렇게 햇빛이 길을 만들고 있다. 너무도 완벽한 시간이어서 하루가 저물고, 어스름이 찾아온다는 생각은 하지도 못한다.

이제는 홍시처럼 익은 햇빛. 생각의 속도를 조금씩 늦추는 힘을 가진 햇빛. 텍스트와 맞서지 않고 텍스트가 바라보지 않는 다른 쪽으로 눈을 돌리는 시간. 나는 곱은 듯 빼근한 손가락에 힘을 주어 본다.

때로는 한 줄의 시가

밤의 필사

밤은 신비롭다. 미네르바의 올빼미가 날아오르고 사랑이 시작된다. 누구에게는 잠드는 시간, 누구에게는 깨어나는 시간.

밤은 하나의 무대다. 큰 무대 장치다. 어떤 사람들은 이 장치를 전부인 듯 즐겨 쓴다. 밤은 아직 쓰여지지 않은 노트의 빈 여백이다. 제목은 붙지 않았다. 사람은 모두가 하나의 이야기. 밤에는 수많은 이야기가 잠들지만 아직 깨어있는 이야기 하나가 자기의 이야기를 이어간다.

나의 생이, 나의 이야기가 어떻게 흘러갈까 생각해본다. 아니 궁금해한다. 이야기는 이야기를 궁금해한다.

밤은 이야기가 시작되기에 좋은 시간이다. 탁자와 의자와 마실 것이 필요하다. 취할 수 있다면 더 좋다. 걸음은 조금 흔들리겠지만 이야기는 흘러가야 할 방향을 잃지 않을 것이다. 나의 생각은 보르헤르트의, 하인리히 뵐의 밤거리를 헤매는 것 같은 착각을 얻는다. 밤이 저기까지 뻗어 있다. 이야기는 거기까지 흐를 것이다. 이야기가 벨을 누른다. 나는 이야기의 얼굴을 본다. 밤의 주인이다. 쥐똥나무의 향기가 고요히 흐른다.

밤은 시의 시간이다. 시인은 뮤즈의 입술을 바라본다. 시인 네루다가 노래한 것을 나 또한 노래하고 싶었다. 내가 노래하고 싶은 것을 그가 대신 노래해 주었고, 내가 노래할 수 없는 것까지 그는 노래했다. 그리하여 내 목소리가 그에게 닿을 수 있다면 "당신이 노래하는 것을 나 또한 마땅히 노래해야 할 것입니다." 하는 말로 경의를 표하고 싶었다. 시인은 사람들을 대신하여 노래하고, 사람들을 대신하여 우는 존재이니까.

그러나 시인이여, 오늘 밤엔 나도 말하고 싶은 게 있다. 쓰고 싶은 게 있다. 나의 바람은 번번이 백지의 침묵 앞에서 좌초했다. 열망만 가득한 채 쓰여지지 않은 말들. 나는 무엇을 써야 했던 걸까.

밤의 필사 시간에는 이 열망이 거칠게 고개를 들어 나를 꾸짖고 내가 아무것도 쓰지 못함을 자각케 한다. "나는 시인도 아닌걸." 하고 말하려는데 그다음엔 시인이 아니라는 사실 때문에 슬퍼진다. 차라리 네루다의 시를 몰랐다면 내 속을 들여다보지 않아 더 편했을까. 왜 내 마음에는 완성하지 못할 시의 한 줄만 들어 있는 것일까.

김장용 고무 물통에 심긴
이름 모를 나무에 잎이 돋았네
잎이 비 맞고 있네

어디로든 옮겨 갈 수 있는,
어디로든 걸어가는 내가
담고 가는 내 심장, 내 마음처럼
한 사람이 내 안에 심겼네

나무 이름 모르지만

그 사람의 이름을 아네

나무 한참 바라보다

그곳을 떠나지만

그 사람 나와 함께 가네

빗물 위를 둥둥 떠 가네

나는 쓴다. 밤에는 필사 노트를 잠시 밀쳐놓고 나 또한 노래한다. 더 이상 부끄러움 없이 노래한다. 부끄러움이야 얼굴 가리고, 이름 가리면 될 것을, 밤이 감추어줄 텐데 무엇이 두려울까. 이 글이 밤을 건너면 살지 죽을지 또 어떻게 될지 알 수 없으나 한 줄의 글은 그리움의 냄새를 따라 밤의 강을 거슬러 오른다.

II

사소해도 하찮지 않은

일상의 하찮음이
삶의 생생함으로 되돌아왔으면 좋겠다.
들숨과 날숨, 그 희미한 소리에
귀 기울일 수 있으면 좋겠다.
사소해도 하찮지 않은,
누구나 그의 숨소리 들려오는
그의 '결'을 꿈꾸는 것이니.

「버터 바른 크루아상의 맛」에서

괴로운 날에는 절실한 책을

어느 잡지사에서 편집일을 하고 있을 때의 일이다. 잡지 일에 처음인 직원들은 아직 자기 일을 스스로 찾아서 할 줄 몰랐고, 써서 가져오는 기사마다 고쳐 줘야 할 것이 많았다. 글 하나를 봐 준다 해도 다시 가져오는 새로운 꼭지는 예전과 다름없었다. 싫은 소리를 하는 것도 한두 번이고, 그렇게 해도 달라지는 것은 없기에 더욱 절망적이었다. 다른 사람의 기분을 상하게 하고 싶지 않지만 그렇다고 일을 혼자 다 할 수도 없으니 이 일을 어찌 하오리까, 나는 사라지고 싶었다.

밤 11시가 넘어서야 사무실을 나서곤 했다. 11시 30분쯤 2호선 역삼역을 지나는 마지막 지하철을 놓치지 말아야 사당역에서 버스 막차를 탈 수 있었다. 하지만 마감이 가까워지면 불안해서 집에 갈 수가 없었다. 사장은 나만 믿고 자신의 다른 사업에 골몰하는 것 같은데 그에게 상황이 어떤지를 보고한다 해도 돌파구를 찾을 것 같지 않았다.

사무실 창으로 정원을 내려다보았다. 나는 아무도 돌보지 않는 풀밭을 망연히 바라보는 날이 많았는데, 그중에서도 바위취가 시선을 끌었다. 바위취의 이파리와 꽃이 예쁘다는 것을 그때 처음 알았고 그 후 바위취에는 애정 어린 눈길을 보내게 되었다. 까실까실한 그 잎을 만져 보며 나는 쉼과 위안을 얻었다. 일을 기한 내에 마감할 수 있을까. 이 또한 지나가리라 — 그럴까? 참으로 막막한 시절이었다. 그때 내가 배운 것은 막막함과 암담함도 결국 지나가고 아득히 떠내려가 과거의 시간이 된다는 것이었다. 힘든 일이 있을 때마다 그때를 생각한다.

그날도 나는 철야 작업을 할 생각으로 귀가를 포기했다. 직원들이 퇴근한 사무실에는 나 혼자였다. 일이 손에 잡히지 않았다. 나는 지친 마음으로 책꽂이에 있던 『말테의 수기』를 펼쳤다. 얼마 전부터 이 책을 읽기 시작했지만 자투리 시간을 이용해야 했기에 독서 흐름을 제대로 이어갈 수 없었다. 오래전에 읽은 적이 있지만 그때는 너무 어렵게 다가왔기에 다시 책을 잡으며 예전보다 잘 읽었다는 느낌만 갖는다면 그것으로도 만족할 수 있을 것 같았다.

그 바쁘고 괴로운 날에 왜 『말테의 수기』를 골랐을까. 차라리 폴 오스터나 미셸 우엘벡의 소설 중 하나였으면 쉬웠을 텐데. 분명 그랬을 거다. 하지만 좀 더 쉬운 대신 절실함은 없었을 것이다. 괴로운 날에는 절실한 책, 내게 꼭 맞는 한 말씀이 들려오는 책이 필요하다. 그게 어떤 책인지는 저마다 다르겠지만, 『말테의 수기』는 내가 잘 이해하고 싶은 책이었다. 피천득의 수필 「은전 한 닢」에 나오는 늙은 거지 노인이 그토록 가지고 싶어 했던 은전 하나처럼.

나는 사실적인 부분부터 짚으며 조심스럽게 책을 읽어 나갔다. 『말테의 수기』는 28세의 덴마크의 청년, 말테 라우리드 브리게의, 모두 71개의 장으로 이루어진 수기. 수기를 쓰기 시작할 즈음, 금발의 청년 말테는 파리로 온 지 3주가 되었으며, 전차와 자동차가 밤늦도록 시끄럽게 달리는 도로 부근의 5층 집에 거주. 그에겐 불면증이 있고, 소리에 민감하다. '커다란 것(거대한 것)'에 대한 불안에 시달리기도 하지만, 매사에 딱 부러지고 정확하게 표현하지 않는다.

자신이 특별한 증세가 없는 병을 앓고 있다고 주장할 뿐만 아니라, 뚜렷하지 않은 불안 증세에 시달리고 있다. 현실에 관심이 많다고 주장하지만, 경제활동을 하지는 않는다. 그는 책을 읽거나 글을 조금 쓸 뿐, 이렇다 하게 하는 일이 없이 파리 시내를 돌아다니는 것으로 시간을 보내며, 다른 사람들을 관찰하기도 한다. 그가 하는 일은 바라보는 일과 추억하는 것뿐.

시각이 자정을 넘기자 『말테의 수기』는 더 재미있어졌다. 문장도 멋진 이 책을 예전에 어렵게 생각한 것이 의아할 정도였다. 누가 내게 철야 작업을 지시한 것도 아니고, 몇 시간 일을 안 했다고 달라질 것은 없었다. 나는 좀 더 책을 읽기로 했다. 독서 흐름은 순조로웠지만 하룻밤 사이에 책을 모두 읽을 수 없어 아쉬웠다. 새벽

4시가 지나고 보니 이젠 잠을 좀 자야 했다. 독서를 중단해야 하는 것이 너무 안타까웠다. 책을 덮으면 다시 지옥으로 들어갈 것만 같았다. 아침이면 직원들이 출근할 것이고, 다시 일이 시작될 테니까. 난방이 들어와 따뜻한 사무실 바닥은 이불이 없어도 잠시 쉴 만했다. 책을 베개 삼아 몇 시간 동안 잠을 잤다.

필사를 시작한다는 사람이 있었다. 그가 선택한 책은 『톰소여의 모험』이었다. 나는 잘해 보라고 응원의 말을 그에게 전했다. 그 책이 얼마나 좋으면 통째로 베껴 쓰기까지 할까 싶었다. 하루를 보내며 생각했다. 만약 내가 필사를 한다면 어떤 작품을 고를지. 오래 생각할 것 없이 『말테의 수기』가 떠올랐다. 이것이야말로 다시 읽어야 할 책, 곱씹어야 할 책이기 때문이었다. 이틀 후 나도 한번 필사에 도전해 보고 싶은 마음이 생겼다. 옛 메모를 보니 그날의 기록이 있다.

> 7월 18일, 장편 필사를 시작.
>
> 첫 작품은 『말테의 수기』.

8월 26일, 필사를 마치다.

40일 만에 필사를 마쳤다. 책을 읽기만 할 때에는 주의 깊게 보지 않았지만 필사를 시작한 이후 중요한 사실을 발견하기도 했다. 말테 역시 진지한 필사자였다는 점. 그는 책상 앞에서 무릎을 꿇고 소중한 문장들을 베껴 썼다. 마치 기도를 하는 마음으로, 또 자기의 것으로 만들기 위해서. 릴케의 생각이 말테에게 반영된 것이라 하지 않을 수 없다. 이 장면은 나의 필사 작업에 큰 의미를 부여해 주는 듯했다.

필사를 하면 책의 내용을 더 오래 기억하고 간직하게 되리라는 믿음. 그것이 필사하는 사람의 마음이다. 가장 먼저 써 보고 싶은 책으로 『말테의 수기』를 고른 것은 아주 좋은 선택이었다. 이 책은 거듭 음미해야 할 책, 크나큰 매혹이었다. 무엇보다 중요한 것은 괴로움 속에서 허우적거리던 나를 건져내고 위안을 주었다는 점, 삶과 죽음에 대해, 삶의 모습들에 대해 깊이 있는 성찰을 보여 주었다는 점이다. 이런 책이 또 있을까.

삶의 여러 얼굴 혹은 양상, 『말테의 수기』는 그 각각의 모습과 주제에 대해 말하고 있다. 파스칼 키냐르의 언어와는 너무 다른, 내가 이해할 수 있는 쉬운 언어로 들려주는 말테의 이야기. 그 안에는 죽음과 병과 기억, 안과 밖, 보이는 것과 보이지 않는 것, 현실적인 것과 비현실적인 것 등 모든 것에 대한 이야기가 담겨 있다.

책을 깊이 읽지 못하고 이면을 파악하는 능력이 부족한 내게도 이런 것이 느껴지니 『말테의 수기』는 얼마나 대단한 책인가 싶었다. 성인의 비유가 그렇다고 하지 않던가. 배움이 깊은 사람이나 그렇지 않은 사람이나 듣고 깨닫는 것이 있다고. 나는 이 책을 밑줄 그으며 읽었고, 이듬해에 다시 읽었고, 몇 년이 지난 후에 한 번 더 읽었다. 필사를 하며 통째로 써 봤고, 그 후 몇 년이 지난 뒤에 두 번째로 필사를 하며 릴케의 문장들을 곱씹어 보았다. 나는 같은 책을 여러 번 반복해 읽지 않는다. 알든 모르든 읽었던 것을 그다지 돌아보지 않는, 지루함을 잘 느끼는 사람이다. 그런 내게도 오랜 세월을 두고 거듭 음미할 책이 있다는 것이 고맙다.

나는 『말테의 수기』를 소설이 아닌 에세이로 읽는다. 그렇게 접근하니 책을 더 편하게 읽을 수 있었다. 명색이 소설이면서도 스토리 라인이 뚜렷하지 않은 것도 내겐 중요하지 않았다. 나를 위해 쓰인 것 같은 착각을 불러일으키는 책. 이런 기분을 들게 하는 책을 만나기도 어렵고, 있다 해도 아주 드물다. 평생을 두고 이런 책을 다섯 권, 아니 더 욕심내어 열 권을 가진 사람은 행복한 사람, 행복한 독자다.

나는 연필로 밑줄을 그으며 책을 읽었다. 두 번째 읽을 때에는 첫 번째 읽을 때와 무엇이 다른지, 어떤 문장이 새로운 느낌으로 다가왔는지 구분하기 위해 볼펜으로 밑줄을 그었다. 세 번째 읽을 때에는 그것보다 더 분명히 표시되는 붓펜으로 표시했다.

내게 울림을 주었던 감동적인 장면 하나. 말테는 어린 시절 자신을 보호해준 어머니를 회상한다. 나는 이 대목에서 나를 부르는 어머니의 오래전 목소리를 기억해냈다. 어린 시절, 내가 건강상의 문제로 잠시 정신을 잃었을 때였다. 나는 어머니의 외침에 점차 의식을 회복하고 있었다.

어머니의 목소리는 평범한 목소리, 하지만 세상에 하

나뿐인 목소리, 그것이 아니면 안 되는 그 목소리, 언제라도 알아들을 수 있는 목소리, 우리 어머니 목소리. 그 목소리는 고함처럼 애원처럼 울먹임처럼 여겨진다. 그 목소리는 따스하고 생명력으로 가득 차 있다. 눈꺼풀 밖에서 어머니가 나를 불렀다. 오랫동안 내 이름을 부르느라 지쳐 있었다. 나는 조금씩 의식을 되찾으면서 그 목소리를 들었다. 목소리가 점점 다가왔다. 나는 눈을 뜨고 그 목소리의 주인공을 바라보았다. 어머니가 나를 내려다보고 있었다.

두려움에 떠는 말테를 달래는 어머니의 존재. 이에 반응하여 떠오르는 나의 기억. 책을 읽다가 이 장면을 만나면 묘한 설렘이 생겨난다. 마치 내가 위로받을 시간이 가까워진 것처럼.

'위편삼절'이란 말이 있던가. 실제본으로 되어 있는 책이 쩍 하고 쪼개졌다. 늘 책을 주무르고 만졌더니 내게도 이런 일이 일어났다. 나는 같은 책을 하나 더 구입하여 밑줄의 일부를 옮기며 주요 부분을 다시 읽었다. 그런데 이상하게도 새 책보다 손때 묻은 책을 읽는 것이 더 편했다.

훗날 다시 한번 이 책을 읽고 필사할 기회가 있으리라 믿고 싶다. 그때는 다른 역자의 책을 선택하려 한다. 같은 작품도 옮긴이에 따라 의미와 느낌이 달라지는 것은 흔한 일이고, 그러면『말테의 수기』에 새로운 눈과 느낌으로 다가가는 또 한 번의 기회를 얻는 셈이 될 테니까. 연필심 끝으로 릴케의 생각을 읽는다. 그의 생각을 따라 우물보다 깊은 곳으로 내려가고 그의 표현을 따라 산만큼 높은 곳을 올랐다. 내가 감히 그를 사숙한다 말한 적 없어도 사람들은 알 것이다. 그가 내 마음에 들어와 있음을.

버터 바른 크루아상의 맛

퐁네프 다리 옆 도핀 광장
노천카페에서 즐기는
진한 커피에
딸기잼과 버터 바른
따끈한 크루아상

오른손 검지손가락 손톱의 왼쪽 부분에 이상한 느낌이 생겨났다. 엄지손가락으로 지그시 누르면 희미한 통증이 분명해진다. 경험상 이것은 손가락 피부 안쪽에 염증이 생겼다는 신호다. 피부 아래쪽 1밀리미터도 안 되는 깊이에 생겨난 이 '이상 감각'은 실제보다 깊고, 큰 것처럼 느껴진다. 이 느낌이 생겨난 것은 사흘 전, 시간이 지나며 느낌은 점점 분명해졌고 점점 아파졌다.

삶의 시기에 따라 밤이나 아침, 어느 한쪽이 부각되는 때가 있다. 일에 몰두해 있다가 문득 정신을 차려 보면 이미 해가 기울어 "또 저녁이야?" 싶은 시간이 되어 있곤 했다. 저녁이면 둥지로 돌아가는 새를 부러워할 정도로 일에 치여 살던 때였다.

그 반대로 피로에 지친 아침, 잠기운에서 벗어나지 못한 채 비척비척 일어나면 또다시 저녁이 되도록 일해야 한다는 자각이 로딩되듯 떠올랐다. 깨어난 지 한 시간은 지나야 겨우 정신을 차릴 수 있었고, 그런 아침이면 얼굴에는 작은 염증의 흔적이 나타났다. 일은 해도 해도 표시가 나지 않는 집안일처럼 그 끝을 쉽게 보여주지 않았다. 이런 식으로 사나흘을 더 보내야 하고, 작업이 계획대로 되지 않으면 마감은 예정보다 하루 이틀 더 늦어지곤 했다. 이 지긋지긋한 하루하루, 며칠 후면 이 괴로움도 잊히리라는 생각으로 위안 삼지만 매달 같은 굴레와 어려움에서 벗어나지 못했다.

어느 날 저물어 가는 세상을 바라보며 하루하루가 되풀이되는 까닭을 물었다. 일상은 굴레였고 머릿속은 여기서 벗어나고 싶은 생각으로 가득 차 있었다. 그러나 여기서 탈출을 시도하면 가족의 생활이 위태로워진다. 그러니 탈출을 시도하지 말라! 그것을 받아들일 수밖에 없었고, 거부할 수 없었다. 잠깐 사이에 자문자답을 하고 나니 물음 자체가 부질없었고, 답은 또 한 번의 굴복을 요구했다. 떠오르는 해를 멈추게 하고, 지는 해를 붙잡아 두면 일상도 멈출 텐데…… 나는 바보 같은 생각만 했다.

새로운 아침은 또 한 번의 아침, 어제의 일이 오늘 다시 이어지고, 어제의 노동을 계속 이어가야 했다. 일상이라는 말이 주는 느낌은 형편없이 찌들고 권태롭고 초라했다. 다시금 찾아온 아침이 가슴 저릿저릿한 삶의 세부를 보여주지 못하고, 태양은 켜고 끄는 조명과 다름없었다. 일상의 초라함이여. 드라마나 영화에서는 등장인물의 배경에 음악이 흐르지만 내가 걸어가는 길에는 그 어떤 음악도 흐르지 않는다. 먼지가 휘날

릴 뿐이다.

그 무렵, 집으로 돌아오는 심야버스에서 자리를 잡지 못한 채 유치원에 다니는 딸과 통화했다. 집에 도착하면 아이는 이미 잠들어 있기 때문이다. 아이는 친구가 이사를 갔다고 속상해하며 한숨을 쉬었다. 그리고 유치원에서 배운 〈토마토 송〉을 불러 주었다. 나는 과속으로 달리는 버스의 소음 속에서 노래를 잘 듣기 위해 휴대폰을 귀에 바싹 대고 집중했다. 버스는 빠르게 남태령을 넘었다.

늘 그리고 새삼 확인하는 것은 바로 이것이다. 일상, 그것은 여기에서 출발하여 여기로 돌아오는 것. 이곳에서 잠들고 이곳에 머무르고 이곳에서 사랑하기 위하여. 이곳을 떠났던 것도 결국 이곳으로 돌아오기 위함. 때로는 영영 돌아오지 않는 방랑을 꿈꾸지만 그것은 공간을 바꾼 일상일 뿐, 평생을 떠돈다면 그에겐 떠돎이 일상이라고. 일상은 사라지지 않는 것. 일상을 갖는다는 것은 운명을 갖는다는 것. 운명이 다르듯 일상이 다르니 프란체스카•는 떠나지 못했고 젤소미나••는 머무를 수 없었다.

나는 오래도록 해가 뜨고 지는 것만 바라보았다. 그것만이 하루의 시작이고 끝인 듯했다. 그러나 오늘 어둠을 밝히며 지나가는 달을 본다. 어둠 속으로, 일상 속으로, 생활 위로 달이 지나간다. 흔적도 없이 소리도 내지 않고 달이 지나간다. 저 달을 오래도록 바라보면 가야 할 길에 대한 암시를 얻을 수 있을까. 그랬으면 좋겠다. 일상의 하찮음이 삶의 생생함으로 되돌아왔으면 좋겠다. 들숨과 날숨, 그 희미한 소리에 귀 기울일 수 있으면 좋겠다. 사소해도 하찮지 않은, 누구나 그의 숨소리 들려오는 그의 '결'을 꿈꾸는 것이니.

손가락 끝이 살짝 아프다. 살갗이 붉어지고 좀 부었을 뿐인데도 피부는 얇아진 듯 예민해졌다. 대수로울 건 없다. 뭔가 진행되고 있다는 뜻일 뿐이다. 느릿느릿, 일상이 그러하듯이. 내가 다른 무엇에 의지해 살아가

• 영화 〈매디슨 카운티의 다리〉(1995)의 주인공.

•• 페데리코 펠리니 감독의 영화 〈길〉(1954)의 주인공.

는 것처럼 아픔도 내 몸에 뿌리를 내리고 싶은 모양이다. 내일 아침이면 조금 더 분명해지고, 마침내 진짜 통증이 되어 신경을 긁기 시작하고 피부는 부기로 더 팽팽해질 것이다. 이런 일은 종종 있었고 익숙한 일이다. 아픔은 내게 감각이 있다는 것을 새삼 알려 준다.

영화 〈미 비포 유〉(2016)에는 사고로 하반신이 마비된 '윌'이라는 인물이 나온다. 절망으로 자기의 현실을 받아들일 수 없는 그는 스위스로 가서 죽기를 원한다. 루이자(에밀리아 클라크 분)에게 다시 가 보고 싶은 장소에 대해 말한다.

> 퐁네프 다리 옆 도핀 광장, 노천카페에서 즐기는 진한 커피에, 딸기잼과 버터 바른, 따끈한 크루아상…

그는 햇빛 찬란한 도핀 광장의 사소한 것 하나까지 잘 기억하고 있다. 마음을 먹기만 하면 충분히 그곳으로 갈 수 있었다. 하지만 예전의 건강한 몸, 그 모습의 자기가 아니면 의미가 없다고 생각했다.

나는 그의 선택에 대해 쉽게 말할 수 없다. 어려운 선택이다. 다만 그가 햇빛과 크루아상을 좀 더 사랑하고 그것에서 작은 위안을 얻었으면 좋았을 거라는 생각이 든다. 그림 〈안수정등〉•에서는 죽음의 위기에 놓인 남자가 벌집에서 떨어지는 꿀을 한 방울 한 방울 받아먹으며 고통과 괴로움을 견딘다. 꿀 한 방울이 그 남자의 위안이었듯, 윌에게도 꿀 한 방울이 필요했다. 때로 삶은 꿈을 찾는 시간이 아닌 꿀 한 방울을 찾는 시간일 때가 많다.

하루하루의 삶이 기적임을 믿는지 스스로 묻는다. 삶의 기적은 너무나 평범한 모습이어서 찾기도 알아내기도 인정하기도 어려운지 모른다. 또 그것을 알아채기에는 우리 눈이 단순하지 않았을 수도 있다. 기쁨에 내성이 생겨 버린 삶의 심드렁함. 더 크고 이상한 선물이 필요했는지도 모른다. 평범한 곳, 눈길 쉽게 닿는 곳에 있어서 좀처럼 찾아낼 수 없었던 보물찾기 시간, 보물

• 안수정등(岸樹井藤) : 한 남자가 코끼리에게 쫓겨 등나무 넝쿨을 잡고 절벽 아래로 내려간다. 그 아래에는 뱀 세 마리가 입을 벌리고 있다. 게다가 쥐가 넝쿨을 갉아 먹고 있다. 그 절체절명의 순간에 위에서 꿀이 한 방울 한 방울 떨어지고 있다. 이러한 상황을 형상화한 그림.

이 있던 곳을 알고 나면 늘 코앞인 경우가 많았다.

삶의 조건은 처음엔 보름달처럼 충만하다가 점점 부서지고 줄어들고 작아져 초승달을 닮아가는 것 같다. 그가 다시 먹고 싶은 빵 이야기를 하니 나도 그걸 먹고 싶었다. 파리로 갈 수 없어도 한 덩이 빵을 구하는 것은 어렵지 않다. 손가락에 통증이 남아 있는 동안 빵집으로 가겠다. 크루아상 하나가 아픔을 잠시 잊는 데 도움이 될 것을 믿으며.

밑줄을 긋는 마음

카롤린 봉그랑의 소설 『밑줄 긋는 남자』에서는 도서관 책에 연필로 메시지를 남겨 한 여성에게 자기 생각을 전하는 이야기가 펼쳐진다. 스토리는 흥미진진하지만 남의 책에 낙서를 하다니! 이런 모티브로 이야기를 시작하는 작가는 확실히 나와 다른 사람이다. 한편으로 생각해 보면 파트리크 쥐스킨트의 소설 『향수』에서는 자기가 원하는 것을 얻기 위해 스물다섯 번에 걸친 살인도 하는데, 도서관 책에 낙서하는 것쯤은 대수롭지 않을 수도 있겠다. 도서관을 불태우겠다는 것도 아니니까. 하지만 도서관이 불타는 것을 상상할 수는 있어도 책에 밑줄 긋는 것은 용납할 수 없는 사람도 있다.

사람들이 밑줄을 긋는 방식은 식생활 취향만큼 다양하고, 종교처럼 갈리고, 심리와 연결되어 있다. 또한 밑줄의 방식은 율법과도 같고, 성적 취향의 은밀함 혹은 다양성과 닮은 데가 있다. 어떤 사람이 날 외면하게 된 이유도 이 밑줄 긋는 방식과 관련이 있는 것 같다. 밑줄과 관련된 이야기 끝에 그 사람이 나를 더 이상 쳐다보지 않게 되었기 때문이다. 그러니 여기에 하나 추가해야 할 것 같다. '밑줄 긋는 방식 차이는 두 사람의 결별을 초래하기도 한다.'라고.

밑줄을 그으려는 마음은 내게 생래적인 것이 아니었을까 싶다. 하지만 밑줄에 대한 터부가 있었다. 책은 깨끗하게 봐야 한다는 가르침 혹은 관념. 분명한 것은 그 생각에 강요되었을 뿐 나 스스로 그런 믿음을 갖지 않았다는 점이다. 그런데도 이 생각이 내 머릿속에 눌어붙어 얼마나 끈덕지게 남아 있었던지 밑줄을 긋기 시작한 후에도 밑줄 긋기는 언제나 조심스러웠고, 자기검열이 이루어졌다. 이를테면 언제나 절제된 밑줄일 것. 때로는 시작과 끝만 표시, 혹은 작은 동그라미로 표시를 최소화할 것.

시인 이상은 자가 없어도 직선을 제법 잘 그었다고 한다. 하지만 나는 내 밑줄이 마음에 들지 않을 때가 많았다. 이 때문에 윗옷 주머니에 삼각자 하나와 연필 한 자루를 가지고 다니던 때가 있었다. 밑줄을 깔끔하게 긋기 위한 도구였다. 그게 없으면 독서가 불안정해졌고 심지어 책 읽기를 잠시 미루기도 했다. 서너 줄 이상 되는 긴 문장에 밑줄을 그을 때 자가 꼭 필요했다. 한 친구는 내가 건축과 학생 같다고 비꼼 없이 말했다. 하지만 어떻게 표시를 하지 않을 수 있을까. 책을 읽으면서 떠오르는 생각을 빈 공간에 써 넣고, 줄은 당연히 긋고, 책의 내용 중 되풀이되는 것이 있으면 몇 번이나 반복되는지 찾아다니면서 번호를 써 놓기도 하고, 눈에 잘 띄도록 형광펜을 조금 쓰기도 하고, 관련 내용이 몇 페이지에 있다고 써 놓기도 한다.

두뇌 활동과 관련된 것에는 손의 활동이 뒤따르기 마련이다. 밑줄용으로 연필 한 자루를 얼마나 오랫동안 쓸 수 있을까. 연필 한 자루에는 48km의 선을 그을 수 있는 흑연이 들어 있다고 한다. 연한 연필 한 자루면 평생 동안 밑줄을 그을 수 있다는 얘기다. 심만 부러지지 않는다면.

어떤 밑줄은 머리에 저장되고 어떤 밑줄은 가슴에 새겨진다. 가슴에 새겨진 것만이 사람을 움직이는 진정한 에너지가 된다. 더 안쪽, 더 깊은 곳에 자리 잡았기에 빼앗기지 않는 자기의 것, 자신조차 지우고 덮을 수 없는 것이 된다. 더 오랜 시간이 지나 책은 잊혀져도 밑줄은 남고 그 밑줄에서 하나의 책이 태어날 수도 있다. 밑줄은 다시 여기로 돌아오겠다는 약속 같은 것. 다시 돌아와서 확인하는, 나를 기다렸다는 듯 빛나고 있는 불빛 하나와 같다. 바람이 불어도 훌치지 않는, 가슴 깊은 곳에 가라앉은 밑줄은 동굴의 울림을 갖는다.

아이가 태어나기 전에 읽었던 네루다의 시집『마추삐추의 산정』(열음사, 1986)을 아이가 고등학교에 다닐 무렵 다시 읽었는데 조심스러운 밑줄은 여전히 싱싱하여 깜부기불일지라도 산정에서 꺼지지 않고 있었다.

상상력으로 빚어낸 문장일수록 온전히 이해하기 어렵다. 그러나 이러한 문장만이 일상어의 구태의연함에서 벗어나게 해 주고 새로운 문장을 가능케 해 준다. 완벽히 이해할 수는 없어도 생각보다 많은 것을 느낄 수는 있다. 그 문장 안에 뭔가 있다는 느낌이 그 문장을 찬찬히 들여다보게 한다. 느낌이 먼저고, 이해는 그 다음인 것이다. 네루다는 물론, 가르시아 로르카의 시도 마찬가지였다. 그 문장의 투명함과 뜨거운 피. 낭만성으로 반짝이는 문장에 매혹되어 오랜 세월을 두고 음미하는 사람, 그의 영혼은 젊음을 잃지 않을 것이다. 육체는 노쇠하여 투석을 해야 하고 눈은 뿌옇게 변할지라도 영혼은 어제가 오래도록 되풀이될 뿐인 것처럼 젊을 것이다.

이 시집은 점점 빛바래고 낡아졌지만 연필로 그어진 밑줄만큼은 어제 그은 것과 다름이 없었다. 달라진 것은 없다는 사실, 한결같은 울림을 재확인하게 된다. 다시 밑줄을 그어도 같은 문장, 같은 구절을 찾아간다는 사실이 확인시켜 주는 미묘한 느낌. 아, 나는 달라지지 않았구나!

밑줄은 길이 든 구두처럼 편안하다. 밑줄이 말한다. "이건 네가 예전에 읽었던 책이야." 내용은 잊었어도 내가 지나간 길이라는 사실이 주는 작은 안도감. 모르는 것과 잊은 것, 결과가 같을 바엔 차라리 잊은 것이 낫다는 심리가 있는 것은 아닐지.

시간이 지난 후 밑줄을 보면 예전과 지금의 내가 달라진 것 없음을 느끼기도 하고, 예전 밑줄에 대한 반성이 생겨나기도 한다. 그 유치함과 수준 낮음이 주는 씁쓸함. 어쨌거나 밑줄은 '가치'를 공증하는 도장이다. "몇 페이지를 읽는 동안에 밑줄이 하나도 없어." 하고 투덜거린다면 마음에 드는 데가 없다는 의미이기도 하지만, 책을 허투루 읽은 것은 아닌지 돌아보는 기회가 되기도 한다.

어떤 사람은 책을 곱게 보는 사람을 이해할 수 없다 하고 그 반대인 경우도 있다. 오래전 유럽에서 벌어진 가톨릭과 프로테스탄트의 싸움 같다. 나는 '깨끗파'에서 '밑줄파'로 전향했으니 그 둘을 다 이해하지 못하는 것은 아니다. 이제 와서 하는 말이지만 책을 깨끗하게 다룰 필요도 없고 조심스러울 필요도 없다. 지금은 필경사가 일점일획도 틀림없도록 필사해야 하는 시대가 아니기 때문이다. 책을 읽은 후엔 대부분 작별이고 이별이다. 같은 책을 다시 집어 들기 어려운 시대다. 이것이 축복인지 재앙인지는 모르겠지만.

밑줄을 그으며 드물게나마 색연필을 쓰는 것은 그 책은 버릴 것이라는 '구분'이 생기고 난 후의 일이다. 버릴 거라고 생각하니 색연필도 편해졌다. 부드러운 느낌을 주는 색연필은 사람의 마음을 따스하게 해준다. 밑줄 하나에도 마음이 스미고, 마음은 읽힌다.

수많은 밑줄을 타이핑하거나 필사하여 모아 보는 것도 분명 재미있는 일이다. 밑줄 그어진 문장들이 생각들을 끌어모으고, 그것들이 눈뭉치처럼 단단해지고 눈사람처럼 커져 눈사람 하나가 릴케의 말처럼 강을 건너고, 마을을 지나는 사이에 훗날 또 다른 생명이든 시詩이든 그 뭔가로 바뀔 수 있을 테니까. 그날이 오기 전까지 나는 내게서 달아나는 문장들을 밑줄이라는 줄로 묶어 놓으련다. 나이 먹은 책등이 쩍쩍 갈라져도 밑줄은 여전히 청춘이다.

나는 추억한다. 내 아름다운 책꽂이와 그곳의 거주민이었던 책들을. 책 하나하나가 내 영혼의 일부인 듯 여겨졌고, 나는 그들을 얼마나 아꼈던가. 책들은 저마다 밑줄을 품고 있었고 그것은 그들의 생각이었다. 그러기에 책은 단순히 지식을 담고 있는 저장소가 아닌 인격을 가진 존재, 밑줄은 나의 채굴 경로였다.

책을 정리해야 할 때 힘들고 생각이 많아지는 것은 밑

줄들과 이별해야 하기 때문이었다. 책을 떠나보내는 것은 밑줄들을 유기하는 것이며, 배덕자의 길을 걷는 것 같은 느낌을 떨치기 어려웠다. 그럼에도 이별은 피할 수 없었다. 안녕, 내게 기쁨을 주고 들뜨게 했던 밑줄, 열정적인 발굴의 나날, 광맥들이여!

종이를 기리는 노래

세상이 청탁하지 않아도 마감일이 없어도 쓰이는 글이 있다. 그런 글은 출생신고도 없이 삶을 시작한다. 그중 어떤 것은 자체검열에 걸려 소각되고 어떤 것은 미발표 유작으로 남는다. 사람마다 그런 글, 그런 사연이 있다.

친구 어머니는 내게 글 쓰는 사람이 되어 달라고 진지하게 부탁했다. 이유인즉 당신께 하고 싶은 말이 많은데 글을 지을 줄 몰라 그렇다는 것. 나는 속으로, 아들 하나에 딸 셋이나 있는 분이 내게 왜 이런 말을 하는가 싶었다. 그때 중학교 1학년인 내가 글을 잘 쓰는지 어떤지도 모르면서 그런 말을 하는 것도 이상했다. 지금에야 친구 어머니의 사연이 궁금해졌다. 그걸 듣기에는 이미 너무 늦었지만.

가만히 생각해 보면 이야기를 듣고 무엇을 써 주기 바랐다기보다는 말하고 싶은 마음이 어머니의 가슴을 꽉 채우고 있었던 것은 아니었을까 짐작해 본다. 그 때문에 어린 나에게 자신의 이야기를 하고 싶었을지도. 내가 다른 이의 이야기에 진득하게 귀 기울일 수 있는지 지금도 자신할 수 없지만 사람의 마음이 하고 싶은 이야기로 가득 차오르는, 그런 마음을 조금 알 것 같기도 하다.

친구 가족은 가톨릭 신자였다. 아픈 남편은 병석에 누운 지 오래고, 터울이 진 네 남매는 모두 일찍 철이 들었다. 한 달에 한 번쯤 환우가 있는 그 집에 수녀님들이 찾아왔다. 작은 방은 아니었지만 누워 있는 환자 앞으로 네 명 정도가 둘러앉으면 방이 꽉 차 보였다. 그 방에는 향나무로 장식된 십자가와 성화가 걸려 있었는데 여기에 수녀님들까지 찾아오면 분위기는 더욱 엄숙해졌다. 집 앞에서 기르는 도사견도 그 시간만큼은 짖지 않았다.

친구 아버지는 병석에 누운 지 10년이 넘었다고 했다. 오랫동안 누워 있어야 하는 고통은 가늠하기 어렵고, 아픈 사람의 다리가 얼마나 야위는지는 보고도 믿기지 않았다. 친구 어머니가 방문객들과 조용히 이야기를 나누는 모습이 열린 방문 틈으로 보였다. 수녀님들은 친구 어머니가 하는 이야기를 말없이 다 들어주는 것 같았다. 그런데도 어머니가 하고 싶은 말은 무엇이었을까.

아픈 사람 사정은 아픈 사람이 안다고 했던가. 나도 아프고 보니 나에게서 하고 싶은 말이 생겨나는 것을 알았다. 그것이 같은 내용일 리 없지만 하소연하고 싶은 마음만큼은 한가지였다. 어디가 어떻게 아프고, 얼마나 고생했고, 무슨 약을 써 봐도 잘 듣지 않았고, 돈이 얼마나 들고, 구구절절 눈물 나는 사연. 사연은 귀가 아니라 눈물로 들어주는 것. 그런 사람이 가장 잘 들어주는 사람이다. 아픈 사람은 상대에게 그 아픔을 해결해 달라는 것이 아니라 그저 말하고 싶은 것이다. 해결 여부는 둘째치고 그걸 기대할 수 없을 때에도 그냥 말하고 싶은 것뿐이고, 들어주기만 한다면 그게 누구여도 상관없다. 그래서 우정은 아픈 사람 사이에 가장 쉽게 싹트고, 들어주는 귀를 가진 사람 쪽으로 흘러간다. 외래환자 대기석에 앉아 있는 사람에겐 할 말이 많고 눈물도 많다. 그들은 다른 사람들이 다 들을 만한 목소리로 비밀 이야기를 속닥거린다. 그러나 나는 사람 중에서 친구를 찾은 것이 아니라 귀도 없고, 눈물도 흘릴 줄 모르는 종이를 친구로 삼은 것이 문제라면 문제였다.

삼촌들은 인쇄공이었다. 그들은 서울에서 남부럽지 않게 성공한 친척의 인쇄소에서 일을 했다. 아버지와는 오촌 간이었고 사는 동네에서 이름을 따와 돈암동 오촌이라고 불렀다. 삼촌들은 이교대로 일을 했다. 일주일마다 번갈아 가며 아침에 출근하거나 아침에 집으로 돌아왔다. 그들은 공장에서 찍어 낸 다양한 인쇄물을 집으로 가져왔다. 술병의 상표, 특이한 인쇄물, 팸플릿, 카탈로그, 달력, 동그란 딱지, 드물게 책, 그림 〈안수정등〉의 복제화도 있었다.

가장 마음에 드는 것은 종이였다. 삼촌은 그것으로 무엇을 하든 간섭하지 않았다. 종이는 곱고 부드러웠다. 거기에서 처음 맡아 보는 냄새가 났다. 그 종이는 아직 인쇄를 하지 않은 깨끗한 전지였는데, 냄새는 뭔가 꽉 차 있고, 응집되고, 고집스러운 것 같았고, 오직 자신이 허락한 것만 안으로 들이겠다는 완고함으로 무장하고 있었다. 그것들 중에 진노랑 종이가 있었다.

최상급 인쇄물을 찍어 낼 때나 쓸 것 같은 그 종이는 아주 고급스러웠고, 그 품질을 냄새로 증명하고 있었다. 나는 전지 한 장을 손에 쥘 수 있는 크기로 잘라 바느질하여 수첩으로 만들었다. 연필로 글씨를 쓰면 다른 종이에 쓸 때보다 더 진해지는 것이 마음에 들었다. 물기를 머금고 있는 것도 아닌데 종이는 촉촉하고 부드러웠다. 종이에서 이런 부드러움을 느껴 본 적이 없었다. 사람을 위로하고 감탄케 할 수 있는 것은 부드러움뿐이고, 이것이 스며들지 못하는 데는 없다.

나는 이 종이를 독차지했다. 나 외에 종이를 탐하는 경쟁자는 없었다. 다만, 할머니가 지방에 사는 사촌에게 종이 중 일부를 가져다준다는 것을 알게 된 후에는 할머니를 미워했다. 그 사실이 식구들에게 알려졌지만 나는 욕심을 거두어들이지 않았다. 나는 그 종이를 내 것으로 만들어야만 했다.

수첩이나 노트를 고를 때마다 종이 냄새를 탐욕스럽게 들이마시던 그때 일이 생각난다. 좋은 종이는 많아졌지만 그때 그 종이의 냄새를 만나지 못했다. 흘러가 버린 시간처럼 첫사랑처럼 그 종이도 사라졌다. 헌책방의 오래된 책처럼 만질 때마다 부스러지는 기억만 남았다.

종이는 아무도 없는 빈 운동장이다. 삼촌이 가져다준 종이는 나의 놀이터였다. 유년의 때를 지나서도 나는 혼자 할 수 있는 놀이를 고안하곤 했지만 종이만큼 훌륭하고 마음에 드는 장난감은 없었다.

종이는 생각의 싹이 돋아나는 신생아실이다. 이 생각 하나하나에 일련번호를 붙여 보고 싶어진다. 생각들은 신생아가 팔목에 차고 있는 팔찌 같은 인식표를 하나씩

달게 될 것이다.

종이는 희다. 권터 그라스가 말한 순결한 종이• — 이 말은 들은 순간부터 지금까지 왜 잊혀지지 않는 건지. 정말 마음에 쏙 드는 표현이다.

흰 종이는 줄기세포처럼 모든 가능성을 향해 열려 있고, 또 그걸 보여 주는 듯하지만 그건 어디까지나 느낌일 뿐 사실은 어둠의 공간이고 폐허다. 금줄로 둘러쳐진 외인무단출입금지 지역이다. 아무것도 쓰여지지 않았고 건축되지 않았다. 땅주인만 있을 뿐인 건축예정지. 건축주도, 건축업자도, 자금주도, 시공·설계·감리도 나. 되어 있는 것, 약속된 것이 아무 것도 없다.

하얀 블랙홀을 들여다본다. 머릿속은 표백된 듯 침묵에 지배당하고 있다. 연필을 내던지는 순간, 이 공간은 신기루처럼 사라진다. 불편함도 없어진다. 그것을 알기에 나는 버틴다. 언제든지 달아날 수 있다는 사실이 나를 좀 더 버틸 수 있게 한다. 그러나 이 종이에는 나

• 권터 그라스, 박환덕 옮김, 『양철북』, 범우사.

침반이나 지도가 없다. 사막이다, 하얀 사막. 한 마리 낙타와도 같은 연필에 의지하여 홀로 건너가야 한다.

사제가 없는 하얀 고해소, 통곡의 벽. 한숨의 나날, 눈물 닦아 주는 하얀 손수건, 눈물을 듣는 하얀 귀, 하얀 화분. 빈 화분에 이름도 모르는 씨앗이 날아와 싹이 돋는다. 그 싹과 함께 마음이 생겨나고 고요히 흐른다. 보이지 않는 강이 있기라도 한 것처럼.

별빛처럼 내게 온 것

어린 시절, 팔레트에 말라붙은 물감을 닦는 일은 고역스러웠다. 물감은 왜 그렇게 잘 닦이지 않던지, 팔레트 홈에 낀 채 말라 버린 물감을 씻어 내고 처음처럼 깨끗하게 해 놓기란 너무 어려운 일이었다. 설령 그것을 다 닦아 낸다 해도 팔레트에 스며든 물감 자국을 지워 낼 수는 없었다. 그것마저 씻어 내려고 수세미로 닦아 보지만 그 때문에 생겨난 흠집은 상황을 더 절망적으로 만들어 버리곤 했다.

물감 덩어리는 그렇게 골칫덩어리였지만 때로는 장난감이 되기도 했다. 유리병에 물을 가득 담은 후 딱딱하게 굳은 물감 덩어리 하나를 물에 떨어뜨리면 그것은 가라앉으며 자기의 빛깔을 풀어 놓는다. 서서히 생겨나기 시작하는 긴 꼬리, 그게 보기 좋다 싶을 때 마침내 유리병 바닥에 내려앉는다. 그때부터 덩어리 주변은 웅크린 빛깔들의 구역이 된다. 그것은 분명 재미있는 놀이였다. 하지만 놀이의 뒤처리를 할 줄 모르고 그래야 하는 이유도 몰랐기에 엄마를 성가시게 했을 텐데도 엄마에게 혼난 적은 없다.

엄마의 화장품 바구니 안에 있는 몇 개의 유리병과 플라스틱병에서도 좋은 냄새가 흘러나왔다. 길쭉하든 뚱뚱하든 손에 쥘 수 있을 정도로 작은 병에서 향기가 흘러나오니 참 신기한 일이었다. 향기는 정말 마음에 들었고, 어디에도 이와 비슷한 냄새는 없었다. 그걸 만지면 혼난다는 것을 알았는지 나는 엄마가 없을 때만 비밀스럽게 만졌다. 현장을 전과 같이 만들 수 있도록 신경 썼지만 급하게 뚜껑을 닫느라 화장품 병에서 액체가 흘러나와 바구니 바닥에 고일 때도 있었다. 나는 그 흔적을 감쪽같이 없애지 못했다. 그냥 내버려 둘 수밖에 없었고 엄마가 보지 못하도록 손수건으로 덮어 놓을 뿐이었다. 내가 정말 잘못했다. 더 신경 써서 병을 닫아 놓았어야 했는데 나는 왜 그렇게 생각이 없었을까. 너무 늦었지만 지금이라도 엄마에게 잘못을 빌고 싶은 마음이다. 하지만 화장품의 냄새만큼은 정말 좋았고, 그 느낌과 냄새에 대해서는 뉘우칠 필요가 없으니 다행이다.

그렇게 진한 것들, 향기 나는 것들은 나를 매혹시켰다. 나는 그런 것들을 좋아했다. 물을 섞지 않은 에스프레소만이 진정한 커피라고 생각하던 때도 있었다. 쉽게 기억 속으로 들어오는 아름다운 선율은 향기와 다를 바 없었다. 황홀케 하는 것은 마찬가지니까. 아름다운 글과 문장도 나를 황홀케 했다. 어떻게 해야 이런 글을 쓸 수 있을지 작법을 알고 싶었다. 어떤 문장은 여러 번 읽어 보면 더 이상 신비롭지 않지만 어떤 문장에서 흘러나오는 단맛은 오래도록 변함없었다. 시골길을 가며 단물만 쪽쪽 빨아먹고 버렸던 단수수, 앞니로 단단한 껍질을 벗겨 내다가 잘못하면 입술을 베이기도 했던 단물은 얼마나 쉽게 빠지던가. 하지만 문장에서 나오는 단맛은 시간이 지나도 변함없이 계속 우러나왔다. 보이숙차의 시커먼 탕색처럼 거듭거듭.

홍차에 매력을 느끼게 된 것은 필연적이고 불가역한 일

이라는 생각이 든다. 화학적으로 처리한 것이 아닌데 어찌 그토록 아름다운 향을 내는 것인지. 포트넘앤메이슨의 얼그레이 홍차를 마시다가 작은 보라색 꽃잎이 머리에 떠오르는 순간이 있었다. 까무룩 정신이 아득해지는 느낌으로 이끄는 맛, 늘 느낄 수 있는 것도 아닌 맛, 나조차 알 수 없는 내 정신의 빈자리로 스며들어 고이는 듯한 맛에 대해 어떻게 말해야 할까. 향이 없어도 이런 느낌이 들까.

시를 쓰는 것과 차를 만드는 것은 닮은 데가 있다. 한 편의 시를 쓰며 불필요한 조사를 지워 내고, 말을 압축하고, 적절한 기교와 리듬을 부여하는 등의 작업은 차를 만드는 과정을 떠올리게 한다. 수분 제거는 양쪽에 모두 필요하다. 시인이 자신의 감정을 절제하는 것이나 찻잎을 시들게 하고 유념 과정을 거치고 덖는 것은 수분을 줄이는 과정이기도 하다. 무엇이든 오래 보존하려면 가장 먼저 수분을 없애야 한다. 차의 모양을 만들며 압축하는 것은 시의 기본 덕목과 비슷하다. 그 결과 시는 덜어 낼 수도 보탤 필요도 없는 경지에 다다르고, 차는 칼이 잘 들어가지 않는 밀도감으로 단단해진다. 시인이 다르듯 차의 산지가 다르고, 시인이 살았던 시대가 다르듯 차나무가 자라는 해발고도가 다르다. 또 소엽종과 대엽종은 시인의 성향 차이, 단어 하나하나, 문장 하나하나는 서로 다른 찻잎의 모양으로 바꾸어 생각해 본다. 취향의 문제가 있긴 하지만 차를 만드는 사람에게 차나무를 보는 눈이 있듯 누구나 나름대로 시를 보는 눈이 있지, 하고 생각해 보기도 한다. 사람마다 차의 맛을 다르게 느끼듯 독자의 취향도 제각각이지만 결국 좋은 차, 좋은 시는 버려지지 않는다.

내가 필사하는 한 편의 시는 단순히 오래되기만 한 작품이 아니라 가시밭길보다 거칠고 남극점보다 더 차갑고 냉혹한 시간을 헤치고 별빛처럼 내게 온 것이다. 필사하는 사람은 자기만을 위한 것 같지만, 아무도 모르는 자기만의 골방에서 시작되고 끝날 뿐인 것 같지만, 더 큰 맥락에서는 한 작품의 불멸에 간여하는 중이라고 볼 수 있다. 이 차 참 좋다, 마실 만하다고 입소문 내는 한 사람이 되어 보는 것이니.

찻잎이 개완에서 우러나고 있다. 그것은 향기롭고 거듭 음미할 만한 글과 같으리라. 나는 눈을 감는다. 의미가 있는 저 아래 깊은 곳, 그곳은 어두우니.

우리 살던 옛집을 추억할 때

산책길 끝에 있는 마을이 텅 비었다. 주민들이 재개발로 인해 모두 이주했기 때문이다. 마을 한쪽에는 정중하고 단호한 경고문이 플래카드로 내걸렸다. 기한 내 이주하지 않으면 손해배상 청구 등 법적 책임을 묻겠다는 것. 그 기한이 지난해 8월이었다. 시한에서 반년이 더 지났다. 단 한 집만 떠나지 않고 있었다. 육십 대쯤으로 보이는 한 아저씨가 반려견을 안고 나와 집 앞에 내려놓았다. 바람이라도 쐬며 세상 구경을 하라는 뜻일 거라고 나는 넘겨짚었다. 개는 멀거니 앞만 바라볼 뿐 움직이지 않았다. 나는 그가 이곳을 떠나지 못한 사연이 궁금했다. 날은 맑았다. 운동하러 산길을 오르는 사람들이 이따금 마을을 지나갔다.

책상, 의자, 장식장, 소파, 전기밥솥, 빨래건조대, 그리고 잡다한 물건이 공터에 버려진 채 그물 덮개로 덮여 있었다. 집 대문마다 철거 예정임을 알리는 스티커가 붙고 담벽에는 붉은색 스프레이로 '철거'라고 써 놓았다. 빌라 현관문 손잡이는 굵은 철사로 결박되어 있었다. 아까운 건 대리석으로 외관을 꾸민 빌라인데 완공한 지 오래되어 보이지 않았다. 잠시 후 이곳에 새로 이사 오는 사람이 용달차와 함께 도착해도 이상하지 않았을 것이다.

예전에도 이곳에 온 적 있다. 가장 최근은 꼭 1년 전이었다. 그때도 이곳이 재개발 지역이라는 것, 이 사업이 추진된 지 오래되었지만 주민들과 갈등이 많다는 이야기를 들어 알고 있었다. 그런데 내 발걸음이 뜸한 사이에 주민들의 이주가 끝나 버린 것이다.

사람들이 떠난 골목길을 걸어 본다. 문은 하나같이 닫혀 있다. 그 모양이, 난 이제 더 이상 아무 말도 할 수 없으니 말 걸지 마세요, 하는 것 같았다. 이삿짐에 끼지 못한 세간들이 바닥에 뒹군다. 버려진 화분은 꽃을 담지 못하고, 밥솥은 밥을 짓지 못하고, 전기장판은 더 이상 한 사람의 몸을 따스하게 덥히지 못한다. 그 집 마당에 벚꽃이 피었다. 오래지 않아 라일락이 필 것이다. 아름다운 것은 외롭지 않고 그것으로 족하다고 생각했는데 그게 아니었다. 함께 떠나지 못하고 남겨진 것들의 쓸쓸함. 꽃나무는 담 밖의 세상을 엿보듯 내 쪽으로 얼굴을 향한 채 피어나고 있었다. 마지막으로.

나는 우리가 살던 옛집을 찾아갔다. 이곳을 떠난 지 꽤 오래되었지만 여전히 동네를 훤히 기억하기 때문에 그 흔적을 쉽게 찾을 수 있으리라 생각했다. 하지만 너무 오랜만에 와 보니 내가 생각을 잘못해도 한참 잘못했다는 것을 알았다. 진입로조차 찾을 수 없었고 집터로 가려면 어떻게 해야 한다는 직관을 잃었다. 무성한 풀과 나무가 지형을 완전히 바꿔 버린 탓이었다. 그렇지만 나는 나뭇가지를 들추고 풀을 헤치며 안으로 들어갔다. 어렵겠지만 옛집을 찾는 것이 불가능하다고 생각하지 않았다.

조심스럽게 발밑을 살피고 얼굴을 때릴 듯 다가오는 나뭇가지를 경계하며 나아가는 동안 잊고 있었던 거미에 대한 두려움이 되살아났다. 여덟 개의 다리, 여덟 개의 홑눈, 노랗고 붉은 징그러운 몸통, 자연스럽지 않은 색감. 나는 여전히 무당거미와의 맞닥뜨림이 두려웠다. 그것이 손에 닿을까 봐 걱정하고 거미가 얼굴로 달려드는 것을 나도 모르게 상상했다. 이 두려움은 특정 지역에서만 수신되는 전파처럼 내가 이곳에 다시 왔으므로 생겨나는 것 같았다.

거미줄은 경고의 표식이었고 나는 늘 이 경고에 민감했다. 거미가 앞에 있으면 길을 돌아가거나 거미줄을 걷어낸 후에야 안심하고 지나갈 수 있었다. 거미줄의 중심에 자리 잡은 녀석의 자태가 참으로 도도하다고 재평가하기까지 꽤 긴 시간이 필요했다. 나는 거미의 생활에 나의 생활을 대입한다. 자영업자 거미, 수공업자 거미, 방직산업은 사양산업이 되었지만 여전히 실을 잣는 거미, 시력이 안 좋은 거미, 어미의 얼굴도 못 보고 삶을 시작하는 거미, 산 입에 거미줄 칠 수 없어 사냥하는 거미. 하루하루 살아가는 거미. 나와 거미는 닮은 점이 많다.
불과 5분이 지나지 않았을 때 이렇게 해서 될 일이 아니라는 것을 알아차렸다. 로렌스•가 사막에 나침반을 떨어뜨린 것을 뒤늦게 알았을 때처럼 당황스럽고 막막할 뿐. 얼마간 앞으로 나아간다 해도 다음에 어떻게 해야 할지 알 수 없었다. 내가 진입 지점을 제대로 잡았는지 의심스러웠고, 일단 풀숲으로 들어가면 길을 찾을 수 있으리라는 생각이 지나친 낙관이었음을 인정해야 했다. 사람이 떠난 땅은 식물이 주인이다. 특히 콩과식물이나 한삼덩굴의 번식력은 놀라웠다. 나는 한동안 헤쳐가야 할 길을 보며 우두커니 서 있다가 들어간 길을 되짚어 돌아 나왔다. 분명히 이곳 어디쯤인데 내가 살던 옛집은 지도에 등고선으로 표시된 지역이 되어 있었다.

우리가 살던 옛집을 추억할 때 가장 먼저 떠오르는 것은 집 뒤뜰에서 자라던 아주까리, 앞마당에 심었던 채송화, 가까이 지내던 이웃들, 복남이네 향남이네. 그리고 내가 묻어 주었던 작은 새의 유리병 무덤. 그 유리병

• 영화 〈아라비아의 로렌스〉(1962)에서 주인공 로렌스는 사막을 가로지르다가 나침반을 잃어버리고 고생을 하며 서쪽을 향해 간다.

을 돌 틈에 넣으며 바위는 무너지지 않고 유리병도 깨지지 않을 거라 믿었다. 그리고 언제든지 원하기만 하면 병도 되찾을 수 있으리라 생각했다.

향남이네… 하룻밤 사이에 지은 납작집에 살아도 키가 작은 향남 모녀에겐 천장이 낮지 않았다. 부처님을 모시고 사는 향남 어미는 아침저녁으로 불공을 드려 향냄새에 마음이 편안해진다고 가슴을 다독이며 말했지만 향냄새는 역했고 휘장 안쪽으로 촛불에 드러난 신선도 속 노인의 눈은 무서웠다. 향남이 몸에서도 향냄새가 풍겼다. 나는 향남이가 가져온 떡도 먹지 않았다.

마을 사람들이 하나둘 떠날 때 향남이네가 우리보다 먼저 이사했다. 성남으로 갔다는 말이 돌았지만 어디로 갔는지 정확한 것은 모른다. 나는 그들의 집으로 들어가 봤다. 불상은 가져가고 불단만 남아 향남이 어머니가 머리를 조아리며 기원하던 모습이 떠올랐다. 그들이 떠난 집은 더 어둡고 작아 보였다.

나는 봄에 심으려고 모아둔 꽃씨를 산길에 뿌렸다. 코스모스 씨는 흔하니 버렸지만 아주까리 씨는 버리지 않았다. 잠들기 전에는 씨앗 담은 병을 들여다보곤 했다. 구렁덩덩 신선비 뱀서방의 껍질같이 얼룩덜룩한 아주까리 씨. 그 씨를 모아 병에 담아 두어도 보기 좋았다.

우리는 이제 그 집에 살지 않지만, 집은 무너졌고 찾을 수 없지만 마음속에는 여전히 그 집이 햇빛 아래 빛나고 지붕은 든든하게 빗물을 받아 낸다. 집 앞에는 망초가 피고, 산딸기와 까마중이 익어가고, 비가 오는 날이면 거센 비바람 소리가 들려온다. 어린 새가 내게 온 것도 그런 비바람 속에서였다. 새벽 기도에서 돌아오시던 할머니가 길에 쓰러져 있던 새를 구한 것이다. 집 안에 있으면 비바람 소리는 우리를 공격하려는 것이 아니라 보호하려고 온 병사들이 모여드는 소리 같았다. 우리 살던 옛집은 비가 올 때도 햇빛 밝을 때에도 마음속에서 모습을 드러낸다. 여전히 늙지 않은 옛 모습 그대로. 나는 어리고 이미 돌아가신 할머니는 아직 환갑도 되지 않은 모습으로 함께 둘러앉아 저녁 식사를 한다. 둥근 우리의 밥상이여. 나는 우리가 상에 둘러앉은 모습을 본다.

그 무렵, 아버지는 몇 년간 외국에 나가 계셨다. 먹고사는 문제 때문이었다. 어느 여름날 우리는 아버지에게 보낼 사진을 찍었다. 학교에서 돌아와 땀도 씻지 못한 채 까슬까슬한 여름 남방으로 갈아입었다. 불만스러운 표정의 나, 곁눈질하는 동생, 그리고 세상 모르는 막내의 얼굴. 하나같이 웃음기 없는 얼굴들. 찰칵. 우리는 마당에서 사진을 찍었다. 억센 생명력으로 자라는 풀과 키 작은 꽃이 붉고 푸르게 배경이 되어 주었다. 우체부가 지나가던 울퉁불퉁한 길을 닮았던 우리의 작은 마당. 마당이여 안녕한가. 무슨 일로 부르는가. 왜 나는 여전히 네가 있는 곳을 그리워하는 것일까. 마당이 작았던 우리의 천국이여.

나는 집으로 돌아온다. 세상의 한 모퉁이 어디쯤에 내 집, 우리 식구의 집이 있다. 오늘도 멋진 삶의 한 조각이었지만 아무래도 나는 사냥 솜씨가 훌륭하지 않은 거미가 된 것 같다. 좀 더 강력한 독을 지닌 타란튤라로 진화하는 것도 어려운 일이다. 게다가 세상은 거미를 탐하는 한 마리 새와 같다.

지하차도를 지나면 집이 나타난다. 나는 고개를 들어 많은 불빛 중에 우리 집을 찾는다. 집을 찾기는 어렵지 않다. 아파트 벽 쪽 창문에 불이 켜져 있는 집, 그게 우리 집이다. 그리고 실외 에어컨 거치대에는 하얀 천이 바람에 흔들린다. 그건 나를 향해 흔드는 손수건이 아니라 위층 어디에서 떨어진 천이다. 그것을 치우려다가 위험할까 봐 더 건드리지 않았다. 나는 그걸 나를 향해 흔드는 손이라고 생각하기로 했다. 창마다 불빛이 흘러나온다. 식구가 모두 돌아왔다는 뜻이다. 아침이면 찬란한 햇살이 드는 내 집이 저기에 있다.

삶을 안아 주는 냄새

열일곱 살 무렵, 자주 드나들었던 병원의 냄새는 슬픈 기억으로 남았다. 흰 벽, 전등을 켰는데도 어둡게 여겨지던 긴 복도, 그곳에 놓여 있던 긴 나무 의자, 침묵에 닻을 내린 듯한 외래환자들의 묵묵한 기다림. 아버지는 일용할 양식을 마련할 돈으로 내 혈관에 흘려 넣을 주사약 값을 치렀다.

병원 복도 어디에선가 고구마 냄새가 났다. 냄새는 미적지근하고 고집스러웠는데, 슬며시 밀려왔다가 금세 제 형체를 감추어 버려 내가 정말 그 냄새를 맡았는지 의문스러웠다. 의료기구를 삶는 냄새였을까. 병원의 고구마 냄새는 여전히 정체불명이다.

간호사 선생님이 입에 넣어 준 체온계에서는 희미한 소독약 맛이 났다. 이윽고 내게 전해지는 그의 연한 분 냄새. 냄새를 맡게 하는 분자에도 크기가 있다면 이 분 냄새의 분자 크기는 다른 무엇보다 작을 것이다. 그렇지 않다면 이렇게 고울 리 없을 테니까. 그 시절 나를 위로한 것은 그의 향기가 유일했고, 무조건적인 사랑의 감정을 품게 했다. 체온계를 흔들며 무심히 돌아서던 그는 떠났지만 내 느낌까지 거두어 간 것은 아니었다.

그의 향기는 슬픔을 잊게 하는 가장 좋은 진정제였지만 새로운 슬픔의 원인이 되었다. 내가 함께할 수 없는 것, 그가 나를 바라보지 않기 때문이었다. 하지만 나는 묻고 싶었다. 당신은 어찌 그리도 아름다운가요, 어떻게 이렇듯 고운 향기를 가졌나요.

허락될 수 없는 일이었다. 그렇지만 나는 그의 향기를 늘 원했다. 향기는, 내가 기억하는 희미한 내음은 그 스침으로 우리가 얼마나 가까이 있었는지 말해 주었다. 이 스침에 대해 얼마나 자주 헛된 희망을 품었던가. 내 바라봄이 헛되지 않은 적은 없었다. 스침의 순간, 내 존재란 오로지 코뿐인 듯 그 향기를 향해 열렸다.

기억 속의 냄새는 다양한 의미 속으로 스며든다. 모든 바라봄, 소리, 맛이 기억 속에 둥지를 트는 것처럼 냄새도 기억의 서랍으로 들어간다. 훗날 다시 마주친 냄새는 기억 속에서 어떤 닮음을 찾아내도록 단서를 주고 서랍을 뒤적이게 한다.

어떤 향기에 유독 집착한다면 그것은 지난 시간의 어떤 일에 마음을 두고 있다는 뜻이다. 이런 기억 없이도 어떤 향기에 애착을 보인다면 이는 향기에 대한 '순수한 이끌림'을 가지고 있기 때문일 것이다. 하지만 그 순수하다는 것이 재미없다. 여기서 순수하다는 것은 '뿌리 없다'는, '그것뿐'이라는 의미와 같은 것이 될 수 있기 때문이다. 나는 어떤 향기가 시간의 뿌리와 관련을 갖고 풍부하기를, 가득하고 넘쳐나기를 바란다. 큰 나무가 뿌리 아래에 보이지 않는 바위 하나를 끌어안고 있는 것처럼.

유년 시절부터 익숙한 향기 하나하나는 유리창에 맺힌 물방울과 같다. 물방울이 점점 무거워지고, 마침내 위에서 아래로 내리긋는 흘러내림이 되어 마음속에 '결'을 만든다. 어린 시절에 경험한 향기라고 해서 그 자체로 대단한 것은 아니다. 그것도 많은 냄새 중 하나일 뿐이지만 어둠에 싸인 시간을 파고들어 가는 기억의 고고학 속에서 그 시간의 냄새는 삶을 풍요롭게 하는 뚜렷한 광맥이 된다.

비가 오는 날이면 어머니는 부치미를 부치셨다. 배를 채운 우리는 빗소리를 들으며 잠 속으로 빠져들었다. 기억 속에서 비는 기름 냄새와 연결되고 부치미의 맛과 고리로 얽힌다. 내가 회상하는 유년의 기억, 기름 냄새 떠도는 기억, 이것은 내게 홍차에 적신 마들렌과 동급의 의미를 지닌다. 이런 기억이 없었다면 나는 돌아갈 곳 없는 떠돌이라는 생각을 피하지 못했을 것이다.

비누 공장에 관한 기억도 있다. 내가 뛰어놀았던 천변 제방의 공장 한쪽에서는 여름이면 더 지독한 냄새가 풍겨 왔다. 부대에 담긴 돼지껍질들이 썩어 가는 냄새 때문이었다. 돼지껍질을 재료로 비누를 만든다는 이야기를 들었지만 이것을 오랫동안 잊고 있었다. 나중에 유진 스미스•의 〈타라와의 시체구덩이〉라는 사진을 보고 이 냄새를 떠올렸다. 구덩이 안으로 던져진 시체들은 저마다의 몸에서 뿜어져 나온 핏물에 몸을 담그고 있다. 사진은 흑백이지만 밝은 빛으로 보아 여름임을 알 수 있다. 여름이니 냄새에 대해서는 더 말할 필요가 없다. 시각이 후각을 더욱 과장하고 증폭한다.

눈에서는 먼지 냄새가 난다. 녹차의 냄새는 매끄덩하다. 그 냄새는 약간 무겁고, 고여 있는 듯하지만 바닥에 깔릴 정도는 아니다. 약간 그늘진 침묵의 맛, 이것이 좋은 녹차의 향을 음미할 때 느끼는 것들이다. 오래도록 밀폐된 곳에서 맡게 되는 냄새를 '갇힌 냄새'라고 부르는 것은 어떨까. 나프탈렌 냄새와 함께 고여 있는 공기, 지하실의 습하고 음습한 냄새는 갇힌 냄새의 전형이다. 어린 시절 장롱 속으로 들어가 잠들곤 했던 것은 무슨 이유 때문인지 모르겠다. 숨는 것에 재미를 느꼈기 때문일까. 고양이의 상자 애착과 비슷한 것일까.

• 유진 스미스(1918-1978)는 미국의 사진작가. 제2차 세계대전에 종군하여 명성을 얻었다.

음식 냄새는 고통에 이르도록 존재에 주림을 일깨운다. 공복을 자극하는 음식 냄새에 시달릴 시각은 항상 저녁이다. 집에 이르려면 아직도 한참 가야 하는 저녁, 남의 집 앞을 지나가다가 맡게 된 밥이나 국 냄새에 '이 냄새라면 밥이 좀 눌었나 보다. 물기는 많지 않겠다. 국은 좀 짜겠구나.' 하는 생각이 들곤 한다.

얼마 전이었다. 배가 고픈 상태로 전철이 출발하기를 기다리고 있었다. 한 여성이 가방을 열어 오렌지 하나를 꺼내 껍질을 벗겼다. 그와 나는 5~6미터나 떨어져 있었는데도 냄새는 코로 전해졌고, 공복감은 더욱 강렬해졌다. 오렌지 껍질 까는 모습을 보지 않았다면 냄새는 덜 자극적이었을 텐데, 불행히도 나는 그의 오렌지를 처음부터 보고 있었다. 창이 닫힌 차 안에서 맡게 되는 음식 냄새는 돈뭉치를 세는 사람의 모습 혹은 연인의 입맞춤을 보는 것만큼이나 자극적이다.

언제라 말할 수 없는 어느 날, 임종의 자리에 눕게 될 때 듣고 싶어 할 만한 음악의 목록을 적어 본 일이 있다. 다시 한번 보고 싶은 사람들을 떠올려 본 일이 있다. 지금 나는 '마지막 냄새'를 생각해 본다. 지금의 기분이라면 잘 뜸 들고, 밥물이 졸아든 흔적도 있는, 잘 지어진 밥의 냄새를 맡고 싶다. 전기밥솥으로 '만든' 밥이 아닌 무쇠솥으로 '지은' 밥. 그러나 나는 이 냄새 말고도 너무나 많은 냄새를 사랑한다.

나는 라벤더, 로즈마리의 냄새를 사랑한다. 수박의, 딸기의, 사과의, 복숭아의 달착지근하고 새콤한 냄새를 사랑한다. 숲의, 풀의, 아까시의, 때죽나무 꽃의 냄새를 사랑한다. 계피, 시나몬의 선명하고 농축된 냄새를, 어떤 향수보다도 좋은 연필 냄새, 프리지아, 라일락, 장미의 숨 막힐 듯한 냄새를 사랑한다. 분유 냄새, 파우더 냄새, 아기의 살 냄새를 사랑한다. 영혼을 위로하는 듯한 밥 냄새, 콩나물 삶는 냄새, 팥 삶는 냄새를 사랑한다. 부대찌개, 김치찌개, 잔치국수, 잘 익은 김치, 온갖 맛있는 것들의 냄새를 사랑한다. 홍차, 보이숙차, 커피의 냄새를 사랑한다. 햇볕에 잘 마른 빨래 냄새를 사랑한다. 시골의 겨울 아침 냄새, 겨울이 끝나 갈 무렵 마지막 남은 눈이 녹을 때의 서늘하고 촉촉한 바람 냄새를 사랑한다. 지금이 그때! 바람이 불어온다. 냄새는, 향기는 위로다. 나를 감싼다. 삶을 안아 준다. 그것은 삶의 냄새. 나는 그들이 있는 내 삶을 껴안는다.

III 그때의 열정과 간절함이

시간이 지나갔다고 해서,

어느 한 시절을 벗어났다고 해서,

사랑이 끝났다고 해서

그때의 간절함과 열정이 부정되지 않기를.

그 시절의 간절함 속에서 우리는 가장 뜨거웠었다.

지금은 그때와 너무 다른 열정

혹은 빙하기를 통과하는 중이라 해도.

「지금은 그때와 다르더라도」에서

마음에, 깊이, 스민

『페스트』와 『이방인』의 작가 알베르 카뮈의 작품에는 거침없이 부딪쳐 가는 힘과 함께 투쟁하는 사상이 있다. 그는 노벨문학상을 수상한, 행동하는 실존주의자였지만 내게는 아름다운 산문을 쓴 에세이스트의 면모가 더 강하게 다가온다. 그중에서도 내 마음을 사로잡은 것은 산문집 『결혼·여름』이었다. 그의 문장은 뜨겁고 아름답고 섬세하다. 반짝반짝 빛나는 문장이 많아 밑줄 하나 없이 책장을 넘기기란 불가능하다. 이런 매력이 『결혼·여름』을 필사하도록 유혹한다.

그는 젊은 시절에 신학을 공부하기도 했지만 끝내 무신

론자로 남았다. 그에게 영원이란 죽음 이후에도 계속되는 삶이 아닌 자기의 죽음 이후에도 계속될 이 땅에서의 삶이다. 그는 보고 느낄 수 없는 것들은 아무것도 인정하지 않겠다는 태도를 견지한다. 이 티파사의 사나이에게 '나는 본다'와 '나는 믿는다'는 같은 의미다.

카뮈의 시적인 산문집 『안과 겉』, 『결혼·여름』•에 수록된 글은 모두 열일곱 편이다. 그리고 이것들은 그가 말하는 '진실'이라는 다면체의 서로 다른 면에 대한 이야기이다. 카뮈는 하나의 주제만을 가지고 에세이를 썼는데 그것은 '진실'이며, 달리 말하면 진실 아닌 것과의 투쟁이다. 진실은 지속되는 것, 썩는 것이며, 신화나 시 같은 것이 아니며, 죽음 이전의 것들이며, 손으로 만질 수 있는 것이다. 그는 철저하게 현세주의자의 면모를 고집한다. 그는 취하지 않고 쾌락을 맛보는 사람이다.

그는 벨쿠르와 오랑과 티파사와 여인의 젖가슴에서도 진실을 발견한다. 이뿐이랴. 그는 거의 모든 것들에서 진실을, 삶의 반짝임을 발견한다. 모든 것이란 보고 느

• 『결혼』은 1938년에, 『여름』은 1954년에 각각 출판되었다.

낄 수 있는 것이어야 한다고 그는 분명히 밝힌다. 초월적인, 내세의, 죽음을 넘어선 것에서 그는 진실을 찾지 않으며 그에 대한 믿음을 거부한다. 그의 글에서 자주 찾아볼 수 있는 신도 사실은 범신론이라는 의미와 다르며, 삶의 위대함, 참된 진실이 현현되고 내려앉는 순간을 그렇게 부르고 있을 뿐이다.

나는『결혼·여름』을 두 번 필사했다. 적절한 망각이 작품을 매번 새로이 읽는 듯한 느낌을 주었다. 문장을 외우지 못한다 해도 그의 문장이 내 속으로 스며듦을 확신하며.

누가 이들의 작품을 읽고 싶어 하지 않을까. 필사하는 사람들은 이들의 작품을 좀 더 잘 기억하고 사랑하려는 사람들이다. 대량복제의 시대에 자기의 마음과 영혼에 작가의 숨결과 문장을 새겨 넣으려 한다.

누구나 좋아하는 작품이 있고 그 작품들은 시간이 지나도 그들의 소중한 추억으로 자리 잡는다. 디테일이 흐려지고 많은 부분을 잊었다 해도 그 작품을 좋아한다고 고백하기를 멈추지 않는다. 이미 먼 시간 속의 일이 된다 해도 그 일들은 기억에서 쉽게 지워지지 않을 만큼 각인이 되었기 때문이다.

그가 여름의 속편으로 집필을 구상했지만 끝내 완성하지 못한 『축제』. 그것이 가능했다면 그는 어떤 내용을 담아냈을까. 작가 자신도 쓰지 못한 내용에 대해 말하는 것은 우스운 일이겠지만 그것 역시 '카뮈다운' 것이었으리라. 삶을 누리기에 주저하지 않는 카잔차키스의 소설 주인공 조르바처럼 카뮈 역시 맛볼 수 있는 인간의 기쁨을 조금도 양보하려 하지 않았다.

카뮈의 에세이는 스스로를 불행하다고 여기는 사람에게 힘이 될 수 있다. 나는 그가 만들어낸 따스한 행복론을 읽는다. 온기도 물기도 없는 듯 여겨지는 알랭의 그것과는 전혀 다른 느낌이며, 카잔차키스를 읽을 때와 또 다르다. 작가로서는 가장 훌륭한 미덕을 갖추었다고 말하지 않을 수 없다. 화법엔 망설임이 없고, 때로는 몰핀의 몽혼으로 여겨지기도 한다. 바로 이 점이 그의 매력이다.

지금은 그때와 다르더라도

어린 시절, 여름방학이 되면 시골에 내려가 얼마간 지내고 돌아오기도 했다. 그곳에 머무르는 동안, 시내에 나갈 때면 배차 간격이 두 시간쯤 되는, 붐비는 시외버스를 탔다. 배차 간격이 멀기 때문에 친척들은 누구나 차 시간을 정확히 알았는데 내겐 그것이 신기해 보였다. 차를 타고 자리를 차지하지 못해 늘 서야 했지만, 내 뒤에는 어깨를 잡아 주는 손이 있었다. 기억 속에서 그의 얼굴은 보이지 않는다.

버스는 방죽 옆을 바투 지나갔다. 버스는 위태롭게 왼쪽으로 기울고, 내가 소리도 지르지 못하고 겁에 질려 있는 동안 차는 점점 방죽에서 멀어졌다. 안도감이 비현실적인 느낌으로 몰려왔고 나는 조금씩 안정을 되찾았다. 키 작은 나의 눈에는 거기에 빠지지 않고 지나온 것이 이상하게 느껴질 정도였다. 그 시절, 시골에 가는 것은 방죽으로 가까이 가는 것을 의미했다. 나는 언제나 방죽에 빠질까 봐 두려웠다.

나는 방죽이 그대로 있는지 오랫동안 궁금했다. 뒤늦게 알아보니 방죽은 근처에 큰 도로가 나면서 메워졌고, 지금 그 자리엔 톨게이트가 생겼다고 한다. 그 방죽은 연꽃이 핀다고 해서 '연방죽'이라 불렸는데 이런 이름이 우리나라 곳곳에 드물지 않았다. 방죽은 사라졌지만 공포의 기억은 여전히 남아 있다. 기억 속의 연방죽, 최초의 공포가 생겨난, 이제 갈 수 없는 곳.

사정은 아주 다르지만, 발터 벤야민 역시 원하는 곳으로 갈 수 없었다.
그는 제2차 세계대전의 참화 속에서 스페인 국경을 통과해 미국으로 가려 했다. 유태계 독일인인 호르크하이

머와 아도르노가 그를 도왔다. 하지만 벤야민의 시도는 성공하지 못했다. 스페인 국경수비대가 그를 가로막았기 때문이다.* 절망한 그는 준비해 둔 모르핀을 먹고 스스로 목숨을 끊었다.** 1940년 9월 27일이었다. 그는 다시 파리로 돌아가 창밖으로 지나가는 사람들을 바라보고 싶어 했다고 한다. 하지만 그 마지막 바람을 이룰 수 없었다. 다음 날, 그와 함께 망명을 시도한 일행의 국경진입이 허용되었다. 그는 세상을 버렸는데 하루 만에 상황이 바뀐 것이다. 입국 거부 이유에 대해서는 여러 가지 설만 무성할 뿐 정설이 없다. 벤야민에 관한 거의 모든 것을 잊었지만 그의 마지막 희망만큼은 기억에 아로새겨져 있다. 그가 꿈꾸었다는 '파리로의 귀환'. 그 간절하고도 소박한 꿈 하나.

이 이야기를 알게 된 후 카페나 버스에서 자리를 잡을 때는 늘 창가로 간다. 그를 떠올리면서. 그곳이어야 밖

---

* 독문학자 최성만 교수는 입국 거부 이유로 프랑스 정부가 발급한 신분증이 없기 때문이라고 쓰고 있다. 그 외에 스탈린 독살설이 있다.

** 벤야민이 죽음을 택한 방법에 대해 모르핀(알약)을 먹었다 혹은 주사했다 하는 조금 다른 표현이 있다. 사망일에 대해서도 9월 22일, 26일, 27일 등 여러 설이 있다. 어떤 자료에서는 26일에서 27일로 넘어가는 밤이라고 된 경우도 있다.

을 가장 잘 볼 수 있기에, 그의 마지막 꿈을 대신 이루고, 그에게 허락되지 않은 것을 대신 누리는 기분으로. 벤야민이 아니어도, 절실하지 않아도 누구나 원하는 창가의 자리. 그 창가는 밝지 않아도 되지만 반드시 밖을 볼 수 있어야 한다. 비나 눈이 오는지, 바람이 부는지 실시간으로 알 수 있는 것은 즐거움 이상의 무엇이다. 창 하나만 있으면 갇혀 있다는 느낌도 없다. 그래서 사람들은 창문 그림이 있는 액자를 벽에 건다.

이따금 창밖의 일들에 주의를 빼앗겨 앞에 있는 사람에게 실례를 한 것 아닌가 하는 때도 있지만, 창밖에서 거두어들인 시선을 곧장 상대에게 보내는 것이 아니라 눈을 잠시 감았다가 상대를 바라보거나, 다른 것을 잠시 본 후 상대를 바라보는 것은 실례의 죄책감을 피하는 나름의 방법이다. 레오니 고모(프루스트 소설의 등장인물)가 잠시 잠들었다가 깬 후에도 자신은 절대 잠든 적이 없다고 잡아떼는 것처럼 나는 잠시 밖을 흘낏 봤을 뿐 오롯이 당신에게 집중하고 있어요, 하고 주장하는 무언의 테크닉인 셈이다. 그렇게 맞은편 사람을 다시 바라보기 시작한 후에는 의식적으로 상대에게 집중하려 애쓰지만 어느 순간 창밖에 다시 마음을 빼앗기곤 한다. 창밖에서 벌어지는 일들은 이렇듯 유혹적이다.

혼을 쏙 뽑아 갈 정도로 매력적이고 강렬한 인상을 준 영화로 〈퐁네프의 연인들〉(1991)을 꼽지 않을 수 없다. 정말 멋진 영화다. 기억에 남는 장면이 많지만 그중에서도 프랑스혁명 200주년을 기념하는 불꽃놀이가 펼쳐지는 가운데 미셸(줄리엣 비노쉬 분)과 알렉스(드니 라방 분)가 다리 위를 달리며 미친 듯이 춤을 추는 장면은 단연 압권이다. 그들이 춤을 출 때 스크린 위로 〈아름답고 푸른 도나우〉가 흐른다. 거칠고 강렬하게 미친 듯이 빙빙 돌고 자신을 아무렇게나 내팽개치는 것 같은 두 사람.

시력을 잃어 가는 미셸에게는 꿈이 있다. 마지막으로 렘브란트의 〈자화상〉을 보는 것. 미셸은 부랑아 한스와 함께 루브르 박물관으로 간다. 그리고 그의 목말을 타고 촛불 하나에 의지해 그림을 들여다본다. 고요히, 말도 없이, 그림을 바라보는 눈은 감동으로 가득하다. 이 장면에서는 나도 간절함에 참여하는 느낌이었다.

누구나 원하지만 결코 이룰 수 없는 것이 과거의 시간

으로 돌아가는 것이다. 그럴 수 있다면 더 어리고, 세상 걱정으로부터 보호받는 시간으로 돌아갈 수 있을 것이다. 사랑조차도 사람을 파괴하고 무너뜨린다. 상실감만을 배울 뿐인 때도 있다. 퐁네프의 알렉스는 미셸이 떠난 후 아무도 이별하는 법을 가르쳐 주지 않았다고 말하며 자신의 손에 권총을 발사한다. 그런 사랑에서도 해방이다. 과거의 시간을 그리워한 것은 벤야민도 마찬가지였다. 그는 유년시절을 따스하게 회상했고, 그 기억과 함께 살았다.

유년의 시간은 현재의 시간보다 더 안정되어 보인다. 가만히 들여다보면 전혀 그렇지 않음에도. 그 시간도 스몰 사이즈의 사막이었고 보이지 않는 벼랑 위의 시간이었지만 (햇빛이 한때 빨강이었던 색을 빛바래게 하는 것처럼) 기억의 많은 것이 휘발되었다. 행복에 대한 인식도 없이 일종의 무감각 속에서 시간이 지났다. 그 시절이 안정되어 보이는 것은 피동적인 입장에 놓여 있었다는 것 하나뿐이다. 미성숙은 현실을 제대로 인식하지 못하고, 비교하지 않고, 이로 인해 고통의 파장은 짧다. 대부분 올바르고 정확한 인식은 행복이라는 감정의 조성에 도움이 되지 않는다. 환부는 오래도록 덮어두고 시간을 흘려보내는 것. 훗날 그것의 발견으로 인한 격랑의 시간은 짧을수록 좋다. 이것이 행복에 더 좋다.

아이들은 정말 모든 위험으로부터 보호받았던 것일까. 『플랜더스의 개』의 주인공 네로가 보고 싶어 한 것은 안트베르펜 대성당에 걸려 있는 루벤스의 그림이었다. 이야기의 끝부분에서 네로는 마침내 성당 안으로 들어가 루벤스의 그림을 보게 된다. 〈십자가에서 내려지는 그리스도The descent from the Cross〉를 먼저 보고, 잠시 후 〈십자가를 세움The raising the Cross〉을 본다. 잠시 후 네로가 쓰러지고, 오래지 않아 그를 찾아낸 파트라슈가 다가온다. 정신을 차린 네로가 힘겹게 말한다.

> 파트라슈, 나는 봤단다.
> 제일 보고 싶었던 루벤스의 그림 두 장을.
> 그래서 나는 지금 너무 행복해.

둘은 크리스마스이브에 성당에서 죽는다. 어린 시절에도 죽음의 그림자는 늘 어른거렸고, 우리는 슬픈 이야기를 들으며 자라났다.

시간이 지나갔다고 해서, 어느 한 시절을 벗어났다고 해서, 사랑이 끝났다고 해서 그때의 간절함과 열정이 부정되지 않기를. 그 시절의 간절함 속에서 우리는 가장 뜨거웠었다. 지금은 그때와 너무 다른 열정 혹은 빙하기를 통과하는 중이라 해도.

나만을 위한 침묵

어느 여름날 오후, 한낮의 열기가 조금씩 수그러드는 시각. 햇볕은 조금 약해졌지만 아직 해거름은 아닌 그때, 바람이 불어왔다. 나는 어느 도서관 정자에서 책장이 바람에 가볍게 들썩이는 것을 말없이 바라보았다. 크게 한 번, 작게 한 번 두 번 세 번, 노트의 종잇장이 흔들렸다. 노트의 표면은 연필심이 지나간 자리마다 자국이 나 있었고, 햇빛은 흔적 위에서 눈부심 없이 빛났고, 흔적은 빛을 발하고 있었다. 햇빛의 길을 따라 번들거리는 흑연 자국. 그 모습은 역광으로 찍은 호수의 표면 같았다.

내 오른손은 연필을 오래 쥐어서 뻣뻣했고, 몸은 나른한 피로감에 젖었다. 나는 연필을 내려놓고 잠시 쉬고 싶었다. 손을 늘어뜨린 채 정자 기둥에 머리를 기대고 눈을 감았다. 눈부시지 않아 좋았다. 눈꺼풀 밖으로 흔들리는 잎새를 지나온 빛이 어른거리는 것이 느껴졌다. 만족스러움이 몸과 마음으로 번졌다.

시간을 붙잡고 싶었다. 해는 더 기울지 않고 그대로 있어 주기를, 바람은 지금 이 상태로 유지되기를 나는 바랐다. 햇빛과 바람이 모두 만족스러웠다. 오후의 이 시간이 영원히 계속되기를 원했다. 더 욕심낼 것이 없었다. 그런 기분이었다.

저녁의 나무들은 담 너머에서 건너오는 소음을 넉넉히 견디며 자기의 분위기를 풀어 놓는다. 사람은 나이듦을 괄시하는 시대를 만들었지만 나무는 나이들어 비로소 나무다운 나무가 된다. 나무도 오래된 나무에 대한 신비를 느낄까. 내 느낌과 무엇이 다를까. 그렇더라도 나무 역시 자기의 무거운 가지를 펼치려면 근력이 필요한 건 마찬가지.

밤공기는 부드럽고 나무의 체취가 고요히 스며들어 한층 은은하다. 그 아래에 가만히 자리를 잡으면 정신이 맑아지며 새로이 생겨난 생각이 나무에게로 건너간다. 나의 침묵과 나무의 침묵이 가만히 섞인다. 서늘한 바라봄으로 가득한 숨결들. 향기와 숨결은 침묵의 지원을 받으며 자기의 영토를 넓혀 나간다.

아무래도 오늘은 필사를 제대로 즐긴 것 같았다. 필사하고 있던 막스 피카르트의 『침묵의 세계』도 좋았다. 이렇듯 침묵에 대한 사유를 깊이 파고들어 간 사람이 또 있을까. 한 사람의 사유를 눈으로나마 온전히 따라갈 수 있다는 것은 큰 즐거움이다. 맛있는 빵이나 차를 마시고 감탄할 때처럼 만족스러움은 행복감으로 변했다. 같은 일을 해도 가슴 벅차오르는 기쁨을 한결같이 느끼는 것은 아니기 때문이다. 그런데 오늘 『침묵의 세계』는 내 양식이 되기라도 한 것처럼 마음에 포만감을 주었다. 너무도 멋진 책. 훗날 다시 한번 밑줄을 그으며 읽고 한 번 더 필사하고 싶은 책. 오늘은 몇 개의 밑줄로 충분히 배불렀다. 나는 이 책을 내게 소개해준 K를 생각했다.

이제 떠나야 할 시간이 다가왔다. 책과 노트를 가방에 넣고, 필통 뚜껑을 닫으려다가 필사자의 분신과도 같은 필기구, 내 연필을 바라보았다. 사람마다 성격이 다르듯 연필은 또 얼마나 특성이 제각각인지. 진한 연필은 쾌활하고 활달하다. 요란하고 현시적이고 화려하다. 연한 연필은 명상적이고 깊은 사색에 잠겨 묵언수행 중인 은자와 같다. 자신이 드러나지 않아도 외롭지 않고 드러나지 않음이 오히려 에너지가 되어 더욱 깊이 텍스트에 침잠하고, 생각으로 침몰한다. 내 다시 떠오르지 않으리. 연한 연필이 그렇게 말하는 것 같다. 몽테뉴는 고요한 자기의 방에 홀로 머물렀으나 그 생각은 고요하지 않았다. 말하지 않는다고 해서 고요한 것은 아니다. 생각까지도 침묵하는 그런 고요가 있다. 가르치려고 하지 않는 고요, 안아주는 고요. 가장 고요하고 고독한 책은 무엇일까. 연한 연필로 그것을 쓰고 싶다.

필사가 즐거운 이유는 아름답고 힘이 되는 문장을 내 것으로 만든 것 같은 느낌을 주기 때문이다. 이런 만족감을 자주 느낄 수 있다면 축복이다. 이 정신적인 즐거움과 견줄 수 있는 것은 많지 않다. 책이 나만을 위해 만들어진 것 아니고, 문장이 나만을 위해 쓰인 것 아니고, 책이 한 권뿐인 것도 아니지만 그 문장이 내게 기쁨을 주는 순간 문장을 발견한 사람도 나 하나, 읽은 사람도 나 하나, 기쁨을 느끼는 사람도 나 하나인 듯 행복감에 젖는다. 이 책은 오롯이 내 것이다. 나만을 위한 침묵, 나만을 위한 세계다.

아주 작은 조각이라 해도

밤공기 속에 나무뿌리가 껴안고 있던 진한 흙냄새가 섞여 있다고 생각하는 건 내가 낮에 그 냄새를 맡았기 때문일 것이다. 볼프강 보르헤르트가 소설 「민들레」에서 아주 짧게 언급한 '검고 좋은 흙'. 그렇게 생각하면서도 나는 고집스럽지 않아 흙냄새가 어느 정도는 섞여 있다고 수정하고, 아마도 그럴 거라고 다시 한번 고쳐 생각한다. 희미해지는 기억처럼 그 냄새도 점점 옅어진다고 생각하면서.

조경 작업을 하는 인부들이 떠난 후 도착한 배롱나무는 자기 주소지의 구덩이를 얻지 못하고 차가운 공기 속에 누워 내일을 기다린다.

"아, 이 꽃 정말 예쁘죠. 하지만 올해는 꽃피지 않겠죠? 내년엔 꽃을 볼 수 있을까요?"

운전사는 대답하지 않았다. 누운 꽃나무를 바라보는 여인도 대답하지 않았다. 여인은 자기는 성질이 급하다고 말했다. 풀잎은 노래한다. 밤은 노래한다. 그 다음엔 배롱나무가 노래하게 해야지. 꽃핀 배롱나무는 얼마나 예쁜지.

볼프강 보르헤르트(1921~1947)는 스물일곱의 나이에 세상을 떠난 독일 작가. 그의 세계는 허무와 갈망으로 가득하지만 문장은 귀엽고, 절망조차도 파스텔 톤인 듯했다. 추천이 있었던 것도 아니고 그저 우연히 호기심에 집어 든 책이 보르헤르트의 단편집이었다. 읽자마자 나는 그의 문장에 사로잡히고 매혹되었다. 그의 작품은 분위기만으로도 세계를 이루어 내는 듯했고, 그를 읽는 것은 그 안으로 들어가 호흡하는 것을 뜻했다.

나는 그를 따라서 스몰렌스크로 가고 그가 자주 노래하는 가로등 아래 서 있기도 했다.

「사랑스러운 푸른 잿빛 밤」이나 「이별 없는 세대」를 필사한 후 작품을 낭독해 보면 작품의 분위기가 묵독할 때보다 훨씬 더 잘 살아난다. 광장에서 외치는 이의 목소리가 아닌 병 속에 담긴 편지의 울림.

볼프강 보르헤르트는 슬픈 노래다. 아름답고 슬픈 노래다. 슬퍼서 아름다운 것은 아니다. 그가 제대로 노래를 불렀기 때문이다. 분위기에 압도되어 때로는 책장을 덮고 싶은 순간도 있다. 이 사람은 전쟁의 고통 때문에 미쳐 버린 것 아닐까 싶기도 하다. 하지만 다른 작가의 작품을 논하는 그의 글을 보면 절대 미친 사람이 아니다. 그가 그려 내는 모습은 전쟁으로 인한 슬픔이지만, 보르헤르트를 읽는 이유는 이것 때문이 아니다. 누가 겨우 메시지를 알려고 책을 읽을까. 그는 시인이다. 그러나 그의 작품은 시보다 소설이 더 뛰어나다. 그는 시인의 심장으로 산문을 썼다. 그의 문장은 분해될 수 있다. 해체하여 다른 이들이 가져다 쓸 수 있다. 그의 슬픔에는 비장함마저 스며 있다. 나는 그의 슬픔을 함께 나누는 기분이 된다. 비록 그것이 아주 작은 조각이라 해도.

밤이면 보르헤르트의 목소리가 들려온다. 당신이 사랑하고 내가 아끼는 그가 입을 열어 힘겹게 말하고 있다. 우리가 할 수 있는 일은 귀 기울여 들어 주는 것뿐. 어찌 그의 목소리에 귀를 닫을 수 있을까.

속도에서 내린 사람

『모비 딕』의 스케일은 크다. 작품이 방대하다는 것 외에도 작품의 등장인물이 소심하지 않고 죽음에 맞서 도전하는 인간 정신을 보여 준다는 점에서 그렇다. 그것이 당연한 것이 아니라 우리 속에 이렇게 고귀한 마음이 있음을 느끼게 해 주니 놀랍다. 작은 바람에도 흔들리는 풀잎 같은 문장도 좋지만 거센 폭풍처럼 몰아쳐 오는 문장은 더더욱 소중하다. 『모비 딕』의 문장은 선이 굵고 시원시원하다. 한마디로 깊이 있는 문장들이다.

작품 곳곳에서 아름다운 문장을 쉽게 발견할 수 있다. 그 아름다움은 울긋불긋 수사적인 것이 아니라 삶의 내

면과 본질을 보여주는 아름다움이다. 압권은 소설의 마지막 부분에서 에이해브가 모비 딕과 맞서기 위해 보트를 내리라 명령하고 스터브는 그것을 말리는 장면이다. 문장은 뭉클하기까지 하다. 멜빌은 야심을 가지고 집필했음을 감추지 않는다. 그는 모든 면에서 고래를 조망하고 싶었던 것이다. 또한 그는 후세의 글쟁이들에게 충고한다. 웅대한 책을 낳으려면 웅대한 주제를 선택해야 한다고. 이런 점에서 고래는 그에게 웅대한 주제였던 것이다.

멜빌은 표현력의 대가다. 작살에 꽂힌 고래가 오랫동안 피를 흘리며 서서히 죽음에 이르는 모습을 고통스럽게 묘사한 대목에서 이러한 면을 확인할 수 있다. 마치 내 몸에 빼낼 수 없는 그 무엇이 박힌 것 같은 느낌이 들 정도다. 동물의 고통에 민감한 사람이 이 대목을 읽으면 울음을 참지 못할 것이다. 또 하나 인상적인 것은 멜빌이 고래의 감각기관에 대해 진지하게 고찰하는 부분. 프루스트가 절로 떠오른다. 영화는 이런 대목을 송두리째 날려버리고 스토리만 따라갈 수밖에 없다. 뛰어난 작가는 스토리텔링에 능하지만, 위대한 작가는 거기서 더 나아가 설득력 있는 디테일을 겸비하고 있음을 발견하게 된다. 사람마다 독서 취향이 제각각이지만, 필사만큼은 문장이 아름다워야 필사할 맛이 난다. 이런 점에서 모비 딕은 좋은 선택이 될 수 있다.

고래를 잡느냐 못 잡느냐가 중요했다면 이 책은 10페이지짜리 단편소설 분량이면 충분했을 것이다. 대양을 지루하게 항해하는 배처럼 느슨하게 흘러가던 스토리가 고래의 갑작스러운 출현에 따라 등장인물의 심장을 뛰게 하며 그들의 입에서 삶의 투쟁에 대한 고백이 튀어나오게 한다. 그러할 때 그들의 말과 사상은 우주를 담을 듯 원대한 사상으로 가득 찬다. 그의 문장은 아포리즘과 같은 느낌이다. 문장은 망설임이 없고 확고하고 직선적으로 돌진하여 핵심을 찌른다.

나의 두 번째 『모비 딕』 읽기는 필사를 통해 작품을 제대로 감상하는 기쁨을 누릴 수 있었다. 예전에는 느린 흐름과 속도를 견딜 수 없었다. 그 흐름보다 느린 필사 속도를 어떻게 견딜 수 있게 된 것인지 그 이유가 궁금하기도 하다. 모르긴 해도 작품을 바라보는 눈이 달라지고, 시간에 대한 생각이 바뀌었기 때문은 아닐까 싶기도 하다. 어제보다 한 페이지라도 더 읽으려 하고, 지난달보다 한 권을 더 읽고 싶어 하던 조급증은 이제 모두 사라져 버렸으니.

필사는 작품에 접근하는 가장 적극적인 방법이다. 더 많은 작품을 읽으려는 성급함 없이 이제는 더 깊이 느끼고, 더 천천히 둘러보겠다는 마음만 남았다. 나는 다독을 반대하는 것이 아니라 느림과 느릴 때에만 얻을 수 있는 또 다른 즐거움을 말하고 싶을 뿐이다. 기차를 타고 지방으로 가다가 차창 밖으로 펼쳐지는 한가로운 전원 풍경. 느닷없이 기차에서 내려 저 길을 걷고 싶은 생각이 간절하게 피어난다. 그럴 수 있다면, 그럴 수만 있다면 누가 그것을 선택하지 않을까. 지금 필사하는 사람은 그 속도에서 내렸다. 기차는 이미 지나갔다. 느림을 선택한 이 길 끝에서 해가 저물고, 그러면 적당한 자리를 잡아 쉬고, 다시 길을 간다. 그 여유로움과 느림, 그 시간에서 만나는 새로운 경험이 필사의 즐거움이다. 개가 땅바닥의 알 수 없는 것들, 그것들의 냄새에 정신이 팔려 있다. 이처럼 필사자의 손은 단어의 냄새를 맡는 개의 킁킁거림을 닮았다. 필사가 더 많은 것을 더 잘 기억할 수 있다고 생각하지 않는다. 좀 더 특별하다는 것이 중요하다. 개의 킁킁거림은 그들의 세계에서 특별한 것이니까.

2017년 9월 10일, 나는 211일 동안의 『모비 딕』 필사를 끝냈다. 꼭 7개월이 걸렸다. 그의 문장이 노트 6권, 716쪽의 종이 위에 내려앉았다. 단순한 듯하면서도 무게감이 있고, 거친 듯하면서도 웅대한 문장은 신비한 비밀을 간직하고 있었다.

기억은 자기 몸을 찾아 떠도네

카페 창밖으로 은행나무가 자라고 있다. 마치 카페 안을 들여다보고 싶어서 까치발을 들었지요, 하는 느낌으로. 은행나무는 자기의 즐거움에 빠진 아이처럼, 다른 곳으로 갈 생각 없이 그 자리에 있다. 이파리를 만져 보고 싶어졌다. 카페 안에서 창밖을 보면 은행나무와 눈을 맞출 수 있다. 빗물에 젖은 연둣빛 은행잎은 싱그럽다. 잎 하나를 떼어서 결을 따라 잘게잘게 찢어도 그것이 은행잎인 것을 알 수 있다.

어떤 기억은 알아볼 수 없다. 앞뒤가 잘린 문장처럼, 때로는 주어나 목적어가 없는 문장처럼, 맥락을 잃어버린 기억은 힘을 잃는다. 그러다가 이것이 단순한 착오에 의한 것인지 정말로 내 것인지 의심하기도 한다. 기억의 뒷장엔 아무런 글씨도 쓰여 있지 않다.

밤의 철로 변에 녹색등 하나가 어둠 속에서 빛난다. 그것은 지하철 역사에서 지상으로 나왔을 때 가장 먼저 보이는 불빛. 그 빛은 곱고 예쁘다. 붉은색이 아니므로 그것에 경고의 의미는 없다. 기억은 녹색 불빛처럼 마음속에서 빛난다. 의미가 정확지 않지만 결코 희미해지지 않는다. 기억의 조각 중에서도 너무 오래 살아남아서 분명 무슨 의미가 있을 거라는 확신을 더욱 굳히면서. 기억은 맥락 없이 화석으로 남아 있고, 너무 오래된 것이어서 신비한 빛을 띠기 시작한다. 원전이 소실된 채 다른 책에 인용된 짧은 문장처럼.

"아버지, 제가 지금 하려는 이야기는 많이 끊어져 있어요. 제 이야기를 듣고 뭐가 생각나거나 짚이는 게 있으면 말씀해 주세요. 제가 어릴 때의 이야기예요. 아마 국민학교에 들어가기 전 같아요. 맞아요, 그전이에요. 어느 날 저는 아버지 차에서 내렸어요. 그 차는 승용차예요. 비가 내리는 날이에요. 차 안에 있는 사람이 아버지인지는 정확지 않아요. 누가 저를 태워 줬을 리 없으니 아버지라고 생각하는 거예요. 제가 내린 후에 차가 떠나요. 저는 차를 따라 막 뛰어요, 소리치면서. 따라가고 싶었던 것 같아요. 그래도 차는 멈추지 않고 달려요. 차는 검은색이고 길은 아래로 비탈져 있어요. 비가 내리는 밤 같은 느낌이에요. 아, 아직 밤이 아닐 수도 있어요. 비가 와서 어두운 거예요. 빗물이 길 아래로 흘러요. 어두워요……."

아버지는 쉽게 대답하지 못했다. 과거의 기억이라면 나보다 아버지가 더 많이 가지고 있다. 하지만 아버지가 기억하지 못해도 그런 일은 절대 있을 수 없다고 단정하지 못한다. 그런 일이 있었지만 잊혀질 수도 있다. 자신은 잊어도 다른 사람이 기억할 수 있다. 얼마든지 가능하다.

기억을 더듬는지 내 말을 기다리는지 상대편은 말이 없었다. 내가 그려 낸 알 수 없는 시공에는 들어가는 문이 없다. 기억의 감열지에는 글씨들이 모두 사라졌다. 유년의 기억은 거의 지워지고, 산산조각이 나 있다. 그럴수록 남은 조각 몇 개에 집착한다. 고고학자들이 토기 조각을 애써 맞추는 것처럼.

끊어진 기억. 이 도막이 어디서 떨어져 나온 것인지 모른다. 기억이 왜 끊어졌는지 의문을 가져도 소용없다. 오래된 기억일수록 과자처럼 부서져 조각나기 일쑤고, 때로는 흐릿해서 그것이 정말 있었던 일인지 의심스럽기도 하다. 기대하기는 어렵지만 유력한 증인이 나타나면 조각은 자기의 원래 자리를 찾을 것이다. 그때까지 기억은 독립적으로 의미를 가지면 더 좋다. 도굴된 유물은 대부분 그 자체로도 가치가 있는 경우가 많다. 하지만 도막 난 기억은 다르다. 왜 그것만 남았는지 모를 기억, 다른 것들과 섞이면 눈에 잘 띄지도 않는 기억, 왜곡 혹은 위조된 것인지 분명치 않은 기억. 나는 이 기억에 매달린다.

기억 속의 길에는 사람들이 없다. 휑하다. 하지만 잘 생각해 보면 사람들은 늘 없었다.
흔들리는 이를 빼서 지붕 위로 던지던 기억. 그 집은 누구의 집이었을까. 나는 그 집을 자주 찾아갔었다. 그 집엔 마당이 있고 집 뒤로 억새 우거진 완만한 산등성이가 이어졌다.
물이 튀지 않도록 조심하며 눈뭉치를 뜨거운 솥단지 안으로 넣던 기억.
기억 속에서는 나조차도 관찰자가 되어 있고 다른 사람은 없다. 나와 기억 속의 장소만 있다. 뜨거운 물이 끓던 솥단지가 있는 곳은 우리 집이 아니다. 나는 왜 그 집 부엌으로 들어갔을까. 그 집은 왜 물을 끓이고 있던 것일까.
또 다른 기억. 내가 들어갔던 방 안에 있던 엽총과 산탄. 내가 산탄을 뜯어냈을 때 그 안에서 작은 베어링 같은 구슬이 쏟아져 나왔다. 나는 놀라 바닥에 떨어진 것들을 주워 모아 서둘러 버렸다. 그것을 만졌다는 이유로 혼날 것을 걱정했기 때문이다. 그곳이 누구의 방인지 모른다.

빗소리가 들린다. 나는 생각한다. 작은 물웅덩이에도 비가 내리고 수면 위로 물방울이 떨어진다고. 물방울은 동심원을 그리고, 또 다른 무수한 물방울들 때문에 호수의 수면에는 동심원이 아주 짧은 시간 겹친다. 은행나무 위에도 비가 내린다. 철로 변 신호등에도 비가 내린다. 기억에 또 다른 기억이 스미고 섞인다, 겹쳐진다. 기억의 삼투작용.

오래된 기억은, 잊혀질 수도 있는데 살아남은 만큼 고순도, 고농도일 것이다. 이것의 생존비법을 알아낼 수는 없다. 다만 살아남은 기억으로 기억의 알고리즘을 되짚어 볼 뿐이다.

기억은 자기의 몸을 찾아 늘 헤매고 다니는 것 같다. 그러다가 가장 그럼직한 것을 만나면 자기의 기억, 자기의 몸을 찾았다고 믿고 싶어 하는 것 같다. 기억은 다른 사람의 글과 문장에서 자기의 옷과 집을 찾아내기도 하지만 나는 그것을 받아들이지 않는다. 기억이여, 다시 생각해 보기를. 네가 어디에서 태어났는지. 세상이 빅뱅으로부터 시작되었다는데 그걸 본 사람이 없다. 나의 삶이 그 기억을 지나왔는데 그 기억의 순간을 나는 잃어버렸다. 먼지처럼 떠도는 기억의 파편. 그것이라도 내게 있어야겠다.

뒤라스 다음으로 콩쿠르상을 받은 파트릭 모디아노의 주인공들은 늘 불확실한 기억을 찾아 사람들을 만나고 돌아다닌다. 나도 그 방법을 써야 할까. 그것을 찾기 위해 '어두운 기억의 저편'•을 지나 '어두운 상점들의 거리'••로 정처 없이 떠돌며.

아침 바람이 기억의 아궁이에 그 불씨를 되살리려는 듯 불어온다.

• 이균영(1951~1996)의 소설 제목.
•• 파트릭 모디아노의 소설 제목.

길에 대하여

영화 〈길〉은 떠돌이 차력사 잠파노와 젤소미나의 이야기를 들려준다. 잠파노가 젤소미나를 데려가면서 그녀의 어머니에게 준 것은 일만 리라의 돈과 붉은 포도주 두 병, 500그램의 치즈였다. (잠파노는 젤소미나의 언니 '로사'를 먼저 데려갔고 그가 죽자 다시 찾아온 것이었다.) 그 후 잠파노를 따라나선 젤소미나는 집으로 돌아가지 못한다. 잠파노를 떠날 수 있었는데도 그러지 않았던 것은 그가 외톨이로 남는 것을 걱정했기 때문이다. 토마토 씨앗을 뿌려도 수확의 때를 기다릴 수 없는 떠돌이 생활. 몸이 아파도 가고, 잠시 머무른 곳에 마음을 주어 떠나고 싶지 않을 때에도 길을 간다. 게다가 잠파노가

실수로 사람을 죽인 후, 길은 잠파노에게는 도피의 길, 젤소미나에겐 죽음과 더 가까워지는 길이 되고 만다.

내가 좋아하는 길은 덕수궁을 오른쪽으로 끼고 걷다가 미국대사관과 예원학교를 지나 경향신문사에 이르는 길이다. 저녁이 되면 예원학교 학생들이 이 길을 걸어 집으로 돌아간다. 때로는 무거운 첼로 케이스를 들고 길가에 서 있는 아이들을 볼 수 있다. 자기를 데리러 오는 차를 기다리고 있는지도 모른다. 해거름에 아이들이 집으로 돌아가는 모습은 예쁘다. 그 광경을 보노라면 나는 한 번도 그런 시간 속에 있어 본 적 없고, 오로지 그들에게만 허락된 특권인 것처럼 여겨지기까지 한다.

청춘의 시간은 그 무엇으로도 살 수 없는 값진 것이다. 하지만 청춘은 너무 눈부신 것이어서 그들의 어리석음까지도 가리고 만다. 청춘은 지나치게 강조되었다. 나는 노년의 지혜를 터득하리라.

나의 질투가 이렇게 중얼거린다. 그러나 내가 이 생각을 진정 내 것으로 받아들이고, 내 목소리로 말하는 것은 아니다. 나는 이 젊음의 시간을 졸고 있는 고양이쯤으로 생각하지 않는다. 그럴 수 있다면, 그런 고집과 맹목을 가지고 있다면 세상의 아름다움에 현혹되는 일도 적었을 것이니 오히려 다행스러운 일이었을 것이다. 하지만 이 어리석음에 어찌 속으랴. 내게서 흘러가 버린 청춘이 아이들에게 가서 고여 있는 것만 같은 기분으로 나는 그들을 바라본다. 해가 저문다. 붉은 노을도 아름답고, 그 속에서 꼼짝도 하지 않고 계속되는 그들의 기다림도 아름답다. 내게 깨달음이 찾아왔던가? 아니, 그건 아니다. 나를 찾아온 건 오히려 아픔이다. 한 걸음 앞으로 다가서면 앞에 있는 것의 실체를 만질 수 있으면서도 다가서지 않는, 그러나 그것이 무엇인지 아주 모르지 않은, 아무것도 분명하게 해 버리고 싶지 않은 나의 바라봄. 바라보는 것마다 아프고, 아름답고, 그들 곁에 머무르고 싶은 마음이 일어난다. 그들을 지나칠 때, 이 순간은 다시 되풀이되지 않을 것이라는 생각이 찾아온다. 그 어떤 기회도 두 번 다시 없어야만 이 순간이 더욱 값진 것이 되기라도 하는 것처럼 나는 내게 주어진, 그러나 아직 다가오지 않은 미래의 시간을 부정한다.

저 아이들 중엔 이 학교를 마치고 서울대 음대나 한예

종에 진학하여 공부를 계속하다가 무슨 콩쿠르 같은 경연 대회에서 우승하여 실력을 인정받고, 이 나라는 아무래도 좁다 하여 미국의 줄리어드나 이탈리아의 어느 음악원으로 갈 아이들도 있을 것이다. 그들의 존재는 세상 사람의 기억에서 거의 잊혀져 있다가 훗날 외국의 어느 콩쿠르에서 입상했다는 소식을 몇 줄의 기사로 전해 올지도 모른다. 바로 그 소식을 전해 올 사람이 저기에 서 있는 아이일 수도 있다고 생각하면 이 황혼녘의 스침은 내 발걸음을 가볍게 하지 않는다. 내게도 분명 저런 시절이 있었고, 그런 나를 보면서 누군가 자기의 잃어버린 시간을 회상하는 때가 있었을까. 나는 저문 길에서 그들의 모습을 보며 깊이 흔들린다.

과거의 어느 시절을 회상할 때 떠오르는 것은 여기에서 저기로 길게 뻗어 있는 어느 길이다. 그 길은 밝다. 아직 달아오르지 않은, 명도만이 강조된 오전의 햇살을 받으며 길이 번들거리고 있다. 길은 기억을 품고 있다. 그 길을 함께 걸었던 사람, 그와 나누었던 이야기, 그때 내가 읽고 있었던 책, 길 어디쯤에서 어떤 음악이 들려왔다는 것을 왜곡 없이 기억에 간직하고 있기도 하다. 하지만 이런 것들이 바람에 쓸려 간 듯 기억나지 않을 때에도 오롯이 떠오르는 것은 오직 길이다. 지나치는 사람은 모두 낯선 타인이지만 길은 익숙하다. 마치 내가 길의 주인인 것처럼.

내 마음에 있는 또 하나의 길은 지하철 숙대입구역에서 내려 수도여고를 지나 용산고교 앞 사거리에서 후암동 주택가로 들어가 걷다가 후암초등학교 정문 앞에 있는 계단을 오르는 길이다. 그러면 남산도서관과 안중근의사기념관•이 나타난다. 수도여고 앞길은 도로여서 소란스럽고 생각에 잠길 수 있는 길은 아니다. 하지만 늦가을이면 가지에서 떨어진 노란 은행잎들이 멋진 분위기를 만들어 준다. 은행나무가 떨군 잎들의 무더기는, 어둠 속의 촛불이 촛대 아래로 드리우는 그림자를 떠올리게 한다. 누가 일부러 모아 놓은 것도 아닌데 은행나무가 잎새들을 떨구어 제 아래에 두고 물끄러미 바라보는 모습에는 분명 마음에 와서 걸리는 고리가 있다.

후암동에서 보낸 마지막 해는 내 나이 스물아홉일 때였

• 안중근의사기념관이 들어서기 전 이 자리는 남산식물원이었는데 2006년에 사라졌다. 남산식물원이 들어서기 전 이곳은 일제의 조선신궁 터였다.

다. 이제 곧 서른인데 나는 자신에게는 물론 세상에 내놓을 것이 아무것도 없었다. 12시가 되어 점심 식사도 거르고 서둘러 사무실을 나와 길을 나서 주택가를 지나 지금은 사라진 식물원을 휘휘 돌아오면 꼭 한 시간이 걸렸다. 초등학교 앞 문방구에서 손에 쥘 작은 수첩을 하나 사서 내가 모르는 특이한 식물, 선인장들의 이름을 적었고, 걸음을 옮길 때마다 발에 채이는 생각의 조각들을 그 위에 옮겨 놓았다. 나는 선인장에게 답을 구하려 했던 것은 아니다. 희미한 별을 볼 때에는 별을 정면으로 볼 것이 아니라 그 주변을 보려 했던, 그런 마음이었을 뿐.

내게도 분명 즐겁고 행복한 시절이 있었다. 그러나 이상하게도 기억에 간직하고 있는 길은 세상을 어둡게 바라보던 때의 길이다. 스스로 불행하다 여기며 자기의 생각 속으로만 빠져들었기 때문일까. 텅 빈 마음을 가진 사람만이 가장 큰 사랑을 그려 내기 때문일까. 길은 햇빛 속에 제 몸을 온전히 드러내지만 마음의 바탕은 어둡다.

세상에 나와 걸음마를 익히고 보니 길이 있었다. 내 마음을 건드리는 한 그루의 나무, 지나친 사람들, 햇빛,

시야를 가리지 않는 평야지대의 저쪽 끝으로 둥그스름하게 자리 잡고 있는 구릉도 길을 가며 내가 바라본 매혹의 대상들이었다. 길을 걸으며 세상을 본다. 길을 걸으며 나를 잊고, 나를 찾는다. 어느 골목으로 들어가 길을 찾는 척하며 사람 사는 집 안을 넘겨다보고, 이렇게 사는구나 이렇게도 사는구나 느끼며 무슨 깨달음을 얻은 듯 골목길을 빠져나오기도 한다. 해가 저물도록 아이들이 뛰논다. 집에서 불러도 돌아갈 생각을 하지 않는다. 문득 나를 부르는 사람은 없다는 생각이 찾아오고…….

젤소미나의 죽음을 알게 된 잠파노가 해변에서 왜 그토록 처절하게 울었는지를 한마디로 말하기는 어렵다. 그는 후회했을까. 무엇을 후회했을까. 젤소미나와 관련된 것일까. 그는 달라질 수 있을까.

하지만 그는 다시 잠들고 아침에 일어나 계속 길을 가지 않을 수 없었을 것이다. 지독한 숙취로 속이 쓰려도 짐칸을 매단 자신의 오토바이를 타고.

눈물의 배경음악

차창 사이로 들어오는 바람이 시원하다. 이 바람을 억만금과 바꾸자고 제안하면 흔들릴 수도 있겠지만 그럴 수 없다고 말해 본다. 봄이 오기 전에, 꽃샘추위가 오기 전에, 한기가 약간 섞인 듯한 바람은 봄의 예감이고, 이때의 바람이 최고의 바람 중 하나다.

바람은 영혼의 미열을 식히고 불안을 달래고 갈망에 응답하는 손길이다. 바람은 물질이 아니라 영혼으로 오고 그 움직임과 느낌과 가득함으로 어떤 한 존재를 그려보게 한다. 이미 내게 있는 생각처럼 바람이 가져온 많은 느낌. 음악을 들으며 눈을 감는 것처럼 바람 속에서 눈을 감으면 바람은 음악과 닮은 모습을 드러내 보인다. 바람은 영혼의 음악이고, 음악처럼 되풀이되고, 나를 감싸고, 느껴도 느껴도 또 느끼고 싶은 마음을 고통 없이 불러일으킨다.

I. 몰토 모데라토(매우 알맞게)

차창 밖으로 보인다. 쓰러진 나무, 사람이 떠나간 집. 빠르게 지나간다. 빈집은 온기를 잃은 지 오래, 사람의 집은 바람이 드나드는 먼지의 집이 되었다. 시간이 더 지나면 저기에 누가 들어와 살지, 포크레인이 저 연약한 뼈대를 쓰러뜨릴지 알 수 없다. 얼마나 시간이 더 필요할까. 그 답의 시간을 볼 수 있을까. 바람이 분다. 나를 마중이라도 나온 듯이.

나는 내리고 버스는 떠난다. 여기서는 아무도 나를 모르니 나는 마음껏 나그네가 된다. 그러나 세상 사람 눈을 어쩌지 못하고 고개는 숙일지라도 반듯하게 걷는다. 함부로 침 뱉지 않는다. 맑은 날, 저수지 건너편까지 잘 보이고 천천히 걸어가는 사람이 멀리 보인다. 그곳에 이숙번의 묘가 있다.

안개가 끼었더라면 너무 일찍 세상을 떠난 시인의 시 「안개」•의 첫 줄을 읊조렸겠지만, 이곳이 샛강은 아니지 않은가. 안개의 군단이 이곳에서 야영할 수 있을 정도로 널찍하다 해도.

마음의 중심에서 슈베르트 피아노 소나타가 울린다. 그중에서도 21번. 그중에서도 1악장. 다섯 개의 사분음표 뒤에 점이분음표 하나가 마음속에서 번진다. 그리고 그것이 조금씩 변화하면서 흘러간다. 내 귀는 선율을 좇아 음표 하나하나를 따라가려 애쓴다. 묵묵히, 회상하는 듯한, 그러나 선율은 오래지 않아 열정에 휩싸이고 그러한 순간에도 단순함과 냉정을 잃지 않는다. 아직은 슬픔 아니다. 슬픔은 아직 오지 않았다. 선율은 이제 막 하늘에서 떨어지기 시작하는 빗방울처럼 뚝뚝뚝 떨어진다. 되풀이되는 변주, 그것은 뭔가를 두

• 기형도, 『입 속의 검은 잎』, 문학과지성사.

고 떠나지 못해 맴도는 모양, 좀처럼 다스릴 수도, 끊어낼 수도 없는 마음과 같다. 나는 소나타의 입 모양을 바라본다. 바람이 분다. 그래도 빗방울은 바람에 흔들리지 않고 지상으로 떨어진다.

II. 안단테 소스테누토(음의 길이를 충분히 끌어서)

물가에는 낚시꾼을 위한 좌대의 흔적이 있다. 예전에는 낚시꾼들이 거기서 물고기를 잡았다는 뜻이다. 하지만 이곳을 찾아온 이후 거기에 앉아 있는 사람을 본 적은 없다. 낚시꾼은 이제 오지 않는다. 그건 모두 지난 일, 지금은 흔적만 남았다. 기억이 흔적인 것처럼. 어떤 것은 선명하고 어떤 것은 흐리다.

언젠가 다른 사람들이 좌대마저 치워 버릴 것이다. "왜 이걸 여태까지 놔둔 거야. 낚시 금지된 지가 언젠데." 불만스럽게 말하며. 정리는 늦었을지라도 그 흔적이 풍경을 어지럽히기만 한 것은 아니다. 미래를 예측할 필요가 있는 만큼 과거를 더듬어 보는 것도 무의미한 일은 아닐 테니까. 과거에 따스한 기억을 두고 온 사람일수록 그쪽 방향을 바라보며 살 테니까. 낚시꾼들의 밤은 훌륭했을 것이다. 나는 밤을 바라보는 그들의 묵묵한 눈빛을 그려본다.

슈베르트의 피아노곡에는 그걸 지어낸 사람의 체온과 마음이 있다. 그 무엇보다도 더욱, 그것이 흘러서 내게로 오는 모습이 보인다. 누구나 흔히 자기가 뒤늦게 발견한 것에 안타까움과 놀라움을 표시하며 “이걸 이제야 알게 되다니!”라며 한탄하는데 이런 식의 아쉬움이라면 얼마든지 거듭되어도 좋을 것이다. 그건 놀라움, 설렘이니까. 하루하루 시간시간마다 보석을 발견할 테니까. 보석을 발견하는 탄식의 나날은 얼마나 멋질까. 2악장이 시작되고 흘러가는 3분 30초, 뒤를 잇는 새로운 주제가 시작되기까지 210초가량의 시간이 찬란하게 빛난다. 결코 분명히 알 수 없는, 그러나 눈물 흐르는 사연임에 분명한 어떤 이야기가 들려오고 있다. 슬픔이 도착했다. 낮은 곳으로 흐르는 물처럼 마음이 흐른다.

마음은 감각기관,
그중 손과 가장 닮았지
1심방 2심실, 저장장치와
하나인 듯 연결되지

마음의 근육도 부상을 당하고
또 회복되지만
그 기억엔 폐질환처럼 흔적이 남지
위장처럼 게걸스러움으로 늘어나고
그것을 채우지 못하니
마음도 소식해야 하지
마음은 아름다움에서 풍겨 오는
냄새 잘 맡는 코를 가졌으니
사랑의 입구를 닫아 두어야지
마음은 때로 부서진 경첩처럼
단지 흔적으로 남아 있을 뿐
그것을 보면 얼마나 오래
매달려 있었는지 알 수 있지
세상을 떠돌았으나
한 자리를 벗어난 일이 없고
그대의 늦어지는 소식
그대의 침묵을 견딜 힘이 없다네
마음은

어깨 위에 얹힌 손에서 전해지는 따스함, 어둠 속에서 들려오는 위로의 목소리, 누가 나보다 더 가슴 아프게,

나를 대신하여 울기라도 하는 듯, 위로의 느낌이 전해 온다. 내가 울기 전부터 시작된 듯한 울음. 눈시울이 뜨거워진다. 훗날 내게 울 일이 있거든 2악장을 들으며 울겠어, 하고 생각하기도 한다. 슈베르트(1797-1828)는 위로를 발명했다. 모차르트의 피아노곡은 눈앞에서 찬란히 빛나고, 슈베르트의 그것은 마음에 온기를 불어넣는다. 슈베르트 최후의 소나타, 세상을 떠나기 두 달 전에 작곡된, 그는 이미 회복할 수 없을 정도로 병이 깊었다. 그는 음악으로 종시終詩를 썼다. 나는 사라진다. 2악장의 선율 속으로. 그의 마지막 길에 음표들이 빗방울의 모양으로 늘어섰다.

"장안長安의 젊은이는 스무 살에 마음이 늙었다"고 노래한 이하•가 떠난 지도 천 년이 훨씬 더 지났고, 이미 늙었다고 토로한 기형도•• 시인이 떠난 지도 30년을 넘겼다. 천 년보다도 30년 전의 일이 더 오래된 것 같고, 천 년보다 30년이 더 무겁다. 흐른다, 흘러간다, 감정도 없이, 속절도 없이, 기억되는 것을 바라지도 않고. 기억을

• 중국 시인 이하(李賀, 790-816).

•• 기형도 시인(1960-1989).

가진 이만 나이를 먹어 간다. 세상을 떠난 이가 얼마나 오래전에 세상을 떠났는지, 그리고 그 시간과 얼마나 멀어졌는지를 거듭 헤아린다. 그들은 다른 사람의 몫까지 탄식하느라 더 빨리 늙어 버린 것은 아니었을까. 나는 그들이 자신의 삶을 연소시켜 만들어 낸 기름을 먹고 그 기름을 상처에 바르는 느낌이다. 그로 인해 회복하고 위로받으며.

III. 스케르초. 알레그로 콘 델리카테차(스케르초. 빠르고 섬세하게)

호수가 햇빛에 빛나지 않을 수는 있어도 물결이 없는 호수를 상상할 수는 없다. 산과 나무, 구름과 하늘은 호수 위에 투명하고 어두운 데칼코마니를 이루어 놓는다. 갈대는 물 위에 바싹 얼굴을 들이대고, 하늘은 멀리서 자기의 얼굴을 들여다본다. 물결은 빛나고 흔들리고 나를 향해 번져 온다. 달려오는 느낌이 들지만 가만히 보면 거기에, 일정한 거리를 두고 있음이 분명해진다. 저 윤슬은, 계속 보고 있었어… 하고 말하는 것만 같다. 계속 보고 있었을 테니 사정 다 알겠네, 말할 필요도 없겠네. 호수에 가면, 침묵 침묵 침묵. 너는 나를 바라보고, 나는 하늘을 봤다가 너를 봤다가 눈을 감는다. 말을 재촉하지 않고, 다음을 묻지 않는 친구.

어디선가 떠들썩한 소리가 들려온다. 두 여인이 서로 바라보며 손으로 입을 가린 채 웃는다. 너무 웃느라 허리를 굽히기까지 한다. 나는 그 소란스러움을 받아들인다. 그 모양이 보기 좋다. 스케르초 악장은 짧다. 기쁨의 시간은 짧다. 여인들은 어디론가 사라졌다. 기쁨은 사라졌다. 카롤리네 양은 슈베르트의 고백을 받아들이지 않았다. 한 사내의 가슴에 피어올랐던 정염이여. 한 사내가 바람을 등지고 담뱃불을 붙이려 하지만 계속 실패하고 있었다.

Ⅳ. 알레그로 마 논 트로포(빠르게 그러나 성급하지 않게)

차 시간이 가까워진다. 나는 서두른다. 버스를 놓치면 도착 시간이 40분 더 늦추어진다. 환승할 수도 있지만 중간에 내려 다른 차를 기다리기보다 여기서 더 기다려 한 번에 가는 쪽을 선택한다.

정류장의 나무 의자는 오래 쌓인 먼지로 앉을 수 없다. 씻어 내려면 물이 많이 필요할 것이다. 늘 차가 지나는 이 길, 먼지는 쌓이게 마련. 누가 이것을 씻어 낼까. 앞으로 빈집에 들어와 사는 사람은 있을까. 쓰러진 나무를 다시 일으켜 세울 수 있을까. 이 의자에는 앞으로도 계속 먼지가 쌓여 있을까. 마음에도 오랫동안 닦아 내지 못한 먼지가 더께를 이룬 것은 아닐까. 그 때문에 나조차도 마음을 들여다보는 것이 두려운 것은 아닐까. 눈물 한 바가지면 그 마음을 씻어 낼 수 있을까.

안녕, 다시 만나. 또 올 거야. 며칠이 지나지 않을 수 있어. 내가 사는 곳은 여기서 멀지 않아. 부르면 오늘 밤이라도 올 수 있어. 차가 끊어지지 않는다면.

이제 겨울이 간다. 바람이 그걸 알려 주었다. 오래전 그날의 바람과 너무 닮았고, 그 바람이 살아서 나를 찾아왔다. 나 없는 세상, 누가 저 바람의 책갈피에서 그 기억을 읽을까. 자기만의 언어로 쓰인 그 기억은 자신 외에 누구도 읽지 못한다.
바람이 분다. 작별인사를 한다. 소음 때문에 안단테 악장의 고요함이 묻혀 간다.

필사의 위로

마음씨 고약한
성냥팔이 소녀가 살았다네
소녀는 결심했다네

절대 외롭다고 말하지 않을 거야
절대 부럽다고 말하지 않을 거야

소녀는 자기 생각의 못난 얼굴이
소문나지 않기를 바란다네
소녀는 그다지 순수하지 않다네

내 안에는 성냥팔이 소녀가 하나 살고 있다. 안데르센의 동화에 나오는 가련한 소녀가 아니라 자신의 삶에 만족하지 못하는 아이 하나. 그 소녀의 심사가 뒤틀리는 날이면 나까지 힘들어진다. 아이는 늘 같은 문제로 저기압이고, 늘 같은 불평을 되풀이하여 투덜거린다. 이 소녀가 내 속에만 있는지는 모르겠지만, 어쨌든 나는 이 소녀의 정체에 대해 누구에게도 말한 적이 없다. 우스운 일 아니겠는가. 혹시 네 속에도 성냥팔이 소녀가 살고 있니, 하고 묻는다는 것은. 그렇다는 대답을 얻지 못한다면 공연히 내 비밀만 누설하는 셈이 될 것이다. 아이를 내보낼 수 없다면 동거할 수밖에 없고, 소녀의 끔찍한 비명이 밖으로 새어나가지 않도록 단속을 잘 해야겠다고 생각할 뿐이다. 소녀는 자기 삶에 만족하는 경우는 드물고 대신 다른 이들의 삶을 줄기차게 동경하는 눈치다. 아마도 그게 소녀의 고질병인 것 같다.

누구나 그러하리라. 물질적인 것만이 사람을 혼란스럽고 힘겹게 하는 것은 아니리라. 오히려 보이지 않는 것들 때문에 더 고통스럽고 힘겨우니, 나를 찌르는 가시는 내 안에 있기도 하고 밖에 있기도 하니, 사람들이여 그대는 이 위기를 어떻게 넘기는가. 나는 궁금하다. 밤이여, 대답해다오. 우리 마음에는 상비약이 필요하니 무엇으로 이 쓰라림을 달래는 것이 좋겠는가.

오래전부터 꿈꾸어 온 것이 있다. 감기에는 감기약을 먹고, 염증에 항생제를 처방받는 것처럼 감정의 소용돌이를 잠재울 어떤 약, 마음의 고통을 잊게 해 주는 약이 있으면 좋겠다고.

그 약들은 CD 랙에 꽂힌 음반들처럼 잘 정리되어 있어서 마음이 힘들 때마다 복용하기만 하면 1분 이내에 평정심을 되찾아 주는 것이다. 시험에 실패한 마음을 위로하는 약, 실연의 상처를 잊게 해 주는 약. 필요한 약들이 많다. 그런 약이 있다면 삶이 좀 더 평온해지리라. 버지니아 울프의 마음을 달랠 수도 있지 않았을까. 공상일 뿐인 이야기지만 위안이 필요할 때마다 나는 이런 상상 속으로 들어간다. 흔들리는 마음을 위로할 대체재로 음악을 생각하기도 한다.

베토벤, 에그먼트 서곡

효능 : 중요한 일을 앞두고 마음이 움츠러들 때 탁월한 효과 발휘. 걸으며 이 곡을 들으면 자신의 발걸음에 영웅적인 무게감이 부여된다. 면접을 앞두고 들으면 자신감 상승.

모차르트, 피아노 협주곡 23번 2악장

효능 : 마음이 어수선하고 갈피를 잡지 못할 때 추천. 마음이 즉시 안정되고 심박수는 정상치에 가까워진다. 평상시에 들어도 부작용 없음.

이런 것들을 상상한 이후 오랜 시간이 지났지만 그런 약이 개발되었다는 소식은 없다. 완치율은 100퍼센트에 이르지 못하지만 나는 어느 정도 약효가 있는 음악들의 목록을 작성할 수 있었다. 아다지오, 안단테, 안단티노 악장들이 바로 그것인데 나는 이들 음악을 들으며 마음을 추스르곤 한다. 이런 맥락에서 슈베르트와 모차르트의 느린 악장들은 나름의 훌륭한 효과를 보여 주었다. 학계에 보고되지 않은 개인적인 견해이긴 해도.

사람들은 저마다 아픔을 가지고 있다. 괴로움의 양상은 너무나 다양하고 복잡하다. 당장 좋아질 것 같지도 않고 해결의 실마리를 찾지 못한 채 문제에 짓눌려 무기력감 속에 있을 수도 있다.

상처 입은 사람은 스스로 돌보기 어렵다. 외부의 도움이 필요하다. 그것에 의지해 곤경에서 벗어나야 한다. 기댈 만한 사람이 옆에 있다면 얼마나 좋을까. 힘들게 내보이는 가슴 깊은 곳의 이야기를 들어주고, 등을 쓸어 주고, 고개를 끄덕여 주고, 따스하게 손잡아 줄 사람이 있다면 얼마나 다행일까. 하지만 아무리 둘러봐도 그런 사람 하나 없고, 주변 사람에게 걱정 끼치기 싫어 혼자 속앓이하는 것이 드물지 않다.

문제의 얽힌 실타래를 풀어가는 노력도 여러 가지일 수 있다. 산책을 하고, 상담과 명상, 심리치료, 종교 생활도 좋을 것이다. 그리고 나는 여기에 필사라는 것을 하나 보태려 한다.

눈앞의 문제 해결이 급한데 필사가 무슨 도움이 되느냐고 묻는다면 할 말이 없다. 그 말이 맞다. 오래 생각할 것도 없이 필사는 즉각적인 해결책이 아니다. 하지만 모든 문제의 원인이 하나같이 경제적 어려움 때문인 것은 아니다. 대개의 문제는 마음과 연관되고 거기에 뿌리를 내리고 있다. 이 때문에 어떤 문제를 해결하기 위한 가장 중요한 첫 단계는 아픈 마음을 어루만지고 그 마음을 들여다보는 일이다. 백석의 시 「절간의 소 이야기」에는, 병이 들면 풀밭으로 가서 풀을 뜯는 소가 열 걸음 안에 제 병을 낫게 할 약이 있음을 안다는 구절이 있다. 우리는 스스로 고치고 다스리기 위해 열 걸음 안에 있는 문장을 눈 부릅뜨고 찾아야 할지도 모른다.

필사할 시간이 없다고 말하는 사람들이 있다. 당연히 시간이 없을 것이다. 늘 시간에 쫓기고 새로운 트렌드에 마음을 주기도 어려운 일이다. 하지만 시간이 오래 걸리지 않는 것도 있다. 지난 시절의 자기 모습을 회상해 보기 바란다. 책 읽기 좋아하고, 정리하고 기록하기를 좋아했던 자신의 모습을. 그런 모습은 여전히 좋은 추억으로 남아 있을 것이다. 조금 해 보다 보면 여전히 책을 읽고 글쓰기를 좋아하는 자신의 모습을 확인할 수 있을 것이다.

한 권의 책은 그 자체로 오아시스이지만, 그 안으로 들어서도 여전히 오아시스를 찾고 있는 자신을 발견한다. 밑줄이 그어져서 모래와 물이 구분되는 곳, 밑줄과 밑줄이 아닌 것이 구분되는 곳, 오아시스는 거기에 있다. 필사는 오아시스 곁에 머무르는 것과 같다.

이 바쁜 시대, 시간이 돈인 시대에 연필을 쥐고 필사를 한다는 것은 참으로 한가롭고, 구태의연하고, 방향을 잘못 잡은 것으로 보이기도 한다. 정말 그럴까? 사람들은 시간의 능률을 따지지만 그건 어디까지나 모든 것이 정상적이고, 우리의 몸과 마음이 건강할 때의 이야기다. 우리의 몸과 정신, 영혼이 위기를 겪으면 능률은 더 이상 가장 중요한 것이 아니다. 이럴 때 능률과 경제성은 이전의 가장 중요한 것의 자리에서 내려와 나중에 생각해도 되는 것으로 바뀐다. 생명보다 소중한 것, 건강한 영혼보다 중요한 것은 없기 때문이다.

경제성만으로 삶을 바라볼 수 없고, 그것만이 전부가 아니다. 필사는 아픈 몸과 영혼을 구하기 위한 일생일대의 대수술이 아니라 매일매일 섭취하는 필수 영양소 혹은 비타민 섭취에 더 가깝다. 우울증이나 마음의 상처, 상실감, 갑자기 사라진 듯한 삶의 목표로 마음의 갈피를 잡을 수 없을 때 바로 이때를 위해 쓰여진 듯한 글을 읽고 필사하며 모색의 시간을 보낼 수 있다면 그것은 다행이고 축복이다.

필사는 다른 사람을 위한 것이 아니라, 나 자신을 아끼고 보듬는 일이다. 필사는 자신을 비추는 거울이다. 이 거울에 타인이 비친 적은 없다. 그 거울에서는 기대했던 것도 보이고, 기대하지 않았던 것이 보이기도 할 것이다. 어느 날은 정리되지 않은 어수선한 마음으로 노트를 펼친다. 마음이 가라앉기를 기다리며. 나는 깜빡 잠에 빠진 것처럼 필사에 집중했고, 잠에서 깨어난 것처럼 다시 현실을 인식하고 내 걱정거리를 떠올렸을 때 마음이 한결 가볍고 가라앉은 것을 느낄 수 있었다.

텍스트가 필사자에게 말을 걸어온다. 때로는 텍스트에서 비롯된 생각이 떠올라 그 속으로 들어가기도 한다. 이로써 차분한 마음으로 자기의 문제를 바라볼 수 있게 된다. 연필을 손에 쥔다는 것은 끊임없이 자신을 괴롭히는 머릿속의 생각에서 벗어나 필사 텍스트를 바라보겠다는 의지를 다지는 일이다. 당장 고민의 해결책이나 답에 이를 수 없어도 고민을 등지는 몸짓만으로도 괴로움은 줄어든다. 그러므로 이렇게 말할 수 있을 것이다. 필사에서 얻을 수 있는 첫 번째 고마움은 바로 고요한 마음에 닿을 수 있게 해 주는 것이라고.

내 마음 누구에게도 털어놓을 수 없을 때에도 아무도 내게 말을 걸어 주지 않을 때에도 내가 필사하는 글 속에서 나직한 목소리를 듣는다. 신앙을 가진 이라면 그것을 신의 응답이라고 생각할 것이다. 때로는 위안으로, 때로는 해답처럼 들리는 어떤 목소리. 다른 이에게 들리지 않고 오직 손에 연필을 쥔 사람에게만 들리는 목소리. 글씨를 쓰는 것이 기도를 하는 것과 같을 수 없지만 고요히 마음을 내려놓는 것은 같다.

필사는 때로 기도하는 마음과 포개진다. 필사의 텍스트가 바이블일 때 필사는 하나의 자세가 된다. 필사와 산티아고의 순례길을 걷는 것이 완전히 같은 것일 수 없지만 필사하는 마음이 순례자의 마음과 다르다고 할 수는 없다. 멀리서 들려오던 말씀이, 그 음성이 더욱 가까워져 귓가에 속삭이는 듯 느껴질 수도 있다.

필사하는 글에는 내 등을 쓸어 주는 따스한 손, 나를 응원해 주는 목소리가 있다. 그러한 응원에 힘을 얻으며 스스로 어려움에 맞설 마음을 가질 수 있다. 한 걸음 더 나아간다면 텍스트에만 의존하는 것이 아닌 자신의 내면에서 울려오는 목소리에 귀 기울일 수 있게 된다. 내 진심은 무엇인지, 또 어떤 마음인지 스스로 돌아볼 수 있다. 이러면서 문제를 분명히 바라보고 맞서는 힘이 조금씩 생겨나기도 할 것이다.

밤을 바라보는 시간

프란시스 윌리엄 버어딜론(1852-1921)은 밤이 천 개의 눈을 가졌다고 썼다. 하지만 내가 보기에 밤은 아주 작은 소리도 잘 듣는 귀 두 개를 가지고 있을 뿐이다. 그렇다, 밤은 아주 큰 귀를 가지고 있다. 내가 새벽이 되도록 잠들지 못할 때 마음이 뒤척이는 소리, 내가 말하고 중얼거리는 소리 전부를 밤은 듣는다. 아무도 내게 귀 기울이지 않는다. 다만 나의 헛기침 소리, 종잇장을 넘기는 소리, 작은 탄식까지도 밤이 듣고 있다는 것을 안다. 밤이 고요한 것은 무엇인가 들으려고 귀 기울이기 때문이다. 그러니 고요하라. 그가 내 부르짖음을 듣지 못할 수도 있다. 그는 내 말을 들어야만 한다.

멀리서 개 짖는 소리가 들려온다. 주택가 끝으로 공터가 있고, 그곳은 폐허다. 그곳에서 개들이 사육되고 있다. 주둥이가 시커먼, 묶인 개들이 밤을 향해 짖는다. 녀석들은 소리에 민감하다. 밤의 공기를 가르고 달려가는 기차가 있고, 그것이 지나갈 때면 개들은 소리를 향해 짖는다. 울부짖음이 기차 소리에 묻히지만 개들은 계속 짖는다. 쓸모없이, 하지만 그것이 자신의 존재를 드러내는 일이라고 믿는 듯 적의에 가득 차 짖는다. 나는 개를 묶은 굵은 쇠사슬 소리를 듣는다. 그리고 고양이들이 거리를 떠돈다. 거리는 어둡고 고양이는 더 어둡고, 고양이 모양의 어둠이 희미한 불빛을 배경으로 걸어간다. 눈에 불을 켜고 가르랑거리며 거리를 떠돈다. 밤새도록, 밤이 새도록 아직도 싸늘한 거리를 가로질러.

말썽쟁이 아이에게 잠들었을 때가 가장 예쁜 때인 시절이 있듯 정글 같은 이 도시도, 밤에 온순해 보이는 듯한 착각을 불러일으킨다. 주차된 차들도 잠들어 있는 듯하고 아직 연두인 나무도 부산스럽게 흔들리는 잎새를 진정시키고 잠들어 있다. 나무가 가로등 불빛을 가리고 있는 모습은 너무 눈부시지 않게 빛을 조절해 주려는 것이다. 밝은 빛은 깊은 잠을 방해하니까. 바람은 고요히 불어와, 나는 아직 차가울 수밖에 없으니 이해하라고 사과한다. 그럼, 이해하지. 이제 우리는 오히려 찬 바람을 그리워할 계절 속으로 들어가게 될 테니까. 겨울을 사랑하는 사람들은 더더욱 너를 그리워할 거야. 추위를 타는 여인들조차도. 나방 한 마리가 찬 공기를 무릅쓰고 빛을 향해 달려들고 또 그러한 속도로 사라진다. 찬 바람에서는 사그락 소리가 난다. 해토머리의 얼음이 수많은 얼음 조각으로 잘게 부서질 때처럼. 찻잔에서 피어오른 하얀 김이 찬 공기 속으로 흩어진다. 나는 밤을 바라보는 동시에 밤을 견딘다.

나는 새벽이 푸르게 다가올 때까지, 녹슨 쇠붙이처럼 여위어 가며, 내 눈꺼풀이 신맛으로 바르르 떨리며 시들 때까지 스스로 소진되며 어둠을 바라볼 것이다. 내가 마주한 이 밤이 내 얘기를 듣기만 하는 것이 아니라 입을 열어 무슨 말인가 해 주기를 기다리며.

아이히는 이 밤에 '알라 신의 백 번째 이름'•을 듣고, 보들레르는 들끓는 마음으로 새벽 3시의 열망을 부르짖는다. 갇힌 오스카 와일드에겐 잠 못 이루는 날이 많았을 것이다. 궁형을 당한 사마천은 어떻게 삶의 근거를 발견할 수 있었을까. 그들은 어떻게 살아갈 수 있었을까. 자기를 받쳐 주던 기둥이 모두 쓰러지고도 어떻게 버텨 냈을까. 보이지 않는 것을 어떻게 볼 수 있었을까. 어떻게 그런 눈을 가질 수 있었을까. 그들은 어떻게 자기의 신념을 지킬 수 있었을까. 자기의 소중한 것을 잃고서도, 갇히고서도, 세상의 버림을 받고도 그럴 수 있었을까. 내부에서 무너져 내리는 것들을 어떻게 떠받칠 수 있었을까. 살아갈 힘을 어디에서 끌어올 수 있었을까. 오늘, 나의 밤은 온통 이런 생각, 의문으로 가득하다. 생각할 수 있는 모든 불행을 하나하나 떠올려 보며 내 것을 그것들에 견주어 본다. 그러자 나의 것은 사소해 보였다. 겨우 이 정도에 시달리느라 꿈이 뒤숭숭했던 것인지 웃지 않을 수 없다. 사소함이여, 나의 불행조차 사소하구나.

봄도 적막하고, 밤도 적막하다. 그리고 봄밤이다. 위안은 어디서 오나. 위안도 없이 어떻게 살아갈 힘을 얻나. 차라리 스스로 위안의 말을 지어 볼까. 서로의 상처를

• 귄터 아이히(1907-1972)의 시 「밤에는」 일부.

보여 주며 동질감을 느끼는 것처럼 우리의 울음이 다르지 않음을 믿자 말해 볼까.

불을 끄는 것은 불이고, 슬픔을 달래는 것은 더 큰 슬픔이다. 나는 그들의 불행에서 위안을 받고 힘을 얻는다. 그들은 무엇 때문에 그토록 불행하고 힘겹게 살아야 했을까. 그들을 들여다보던 눈으로 나를 바라본다. 내가 아닌 것처럼 나를 본다. 그런 흉내를 내고 싶다. 물끄러미, 어 처음 보는 아이들이군. 어디서 온 아이들일까. 좀 시끄럽군. 곧 조용해지겠지. 잘 놀다 가거라. 그런 눈빛으로 보고 싶다.

말러 교향곡 4번 3악장의 위안. 내 슬픔 다 아는 듯 울려와 나를 다독이는 저 선율. 저 멜로디가 내 등을 쓸어준다. 마음껏 울어라. 내가 이미 너와 함께 슬퍼하고 있다고 말하는 듯 내 앞에 펼쳐지는 슬픔의 장막.

헨릭 셰링의 브람스 바이올린 협주곡. 그중에서도 2악장. 이 세상의 종말에 들려올 것 같은 오보에 독주. 모든 아다지오 악장 중에서도 이토록 처연하고 초연한 음악도 없다. 브람스가 주는 위안. 브람스 없이 어떻게 살 수 있을까. 나의 밤 깊은 곳으로 흐르는 브람스여!

그러나 글의 위안과 소리의 위안이 다르다. 글과 말로 자기의 숨결을 보여 주어야 하는 이는 지나치게 소리에서 위안을 구하지 말아야 한다. 그 자체로 완벽한 소리와 음악은 또 하나의 현혹 속에서 혀를 굳게 만들고, 언어를 쇠약케 한다. 위안을 구하되 지나치지 말아야 하며, 메마른 백지의 침묵으로 돌아와야 한다. 출발도 귀환도 모두 이곳에서 이루어져야 한다. 참회의 장소를 잘못 찾아가면 구원도 없다. 음악에 의존하지 말 것. 그리하여 '통곡의 벽'인 종이 위에 쓸쓸히 피를 토해야 한다.

낮의 시간에는 절대 이해하지 못하고 받아들이지 못할 것만 같은 것들이 있다. 그중의 하나가 종교음악이다. 누구를 간절한 마음으로 기다리며 그리움으로 가득한 비통과 애통을 거쳐 비로소 얻게 되는 슬픈 환희를 어찌 밝음 속에서 구할 수 있을까. 나는 또 하나의 심장을 가진 것처럼, 타인의 마음에 들어와 있는 것처럼, 새로운 피를 얻은 것처럼 모든 것을 이해하고 받아들일 수 있을 것만 같다. 내 마음에서 뿌리가 자라나고 그 뿌리가 빨아들이지 못하는 것, 뻗어 가지 못할 방향이 없다.

축복이여, 환상이여, 밤이 가져다주는 쾌락이여, 진정 그런 일들이 이 시간 내게서 이루어지고 있다.

오늘 밤 나는 새로운 생, 또 한 번의 삶을 꿈꿀 이유가 없다. 그리고 모든 가정법을 버릴 것이다. 미련도 없이 나는 어둠을 바라본다. 이 어둠은 내가 가장 많은 생각을 하며 깃들고 있는, 바라보고 있는 어둠이 아니던가. 밤은 아무것도 보여 주지 못한다. 내 숨소리와 연필이 종이 위에서 사각이는 소리가 뚜렷이 들려올 뿐이다. 저 멀리 불을 켜고 있는 아파트의 창을 바라본다. 내가 인사를 나눈 적 없는 당신이 그중 어디에 있을 것이다. 하얀 꽃잎은 어둠을 끌어안고 있다. 아침이 되면 그들은 다시 피어날 것이다. 독방에서 풀려나는 죄수처럼 몸을 풀고 혼신의 힘을 다해 피어나고 몸을 내던져 고꾸라지듯 시들 것이다.

굿나잇, 우리의 쇠약한 꿈을 위하여!
굿나잇, 어둠에 가려 있는 것들을 위하여!
그리고 다시 한번 굿나잇! 이 밤이 내게 준 부끄러운 글 몇 줄을 위해서도. 내가 밤을 보내고 쓰러져 잠들었을 때 당신이 내 창문을 두드려도 쉽게 깨어나지 못할 것이니 이해하길. 밤새워 불을 밝히던 술집이 셔터를 내리는 소리가 들려온다. 다시 돌아올 것이라는 생각은 하지도 않고 먼 바다를 향해 헤엄쳐 간 것처럼 나는 이 밤에 대하여 그러했다.

나가며

필사를 시작한 날이 2015년 7월 18일. 이제 7년이 되었다. 책꽂이 한쪽에 모아 놓은 필사 노트를 모아 기념사진을 찍는다. 대단한 일이라고는 생각하지 않는다. 어떻게 보면 마음 둘 곳 없어서, 마음이 헛헛하여 필사를 시작했는지도 모른다. 그 마음이 아름다운 문장으로 채워졌다. 그동안 나는 이런 작품들을 필사해 왔다.

릴케, 『말테의 수기』, 서울대출판부

막스 피카르트, 『침묵의 세계』, 까치

몽테뉴, 『몽테뉴 인생 에세이』, 을유문화사

보들레르, 『벌거벗은 내 마음』, 문학과지성사

보들레르, 『파리의 우울』, 민음사

윤동주, 『하늘과 바람과 별과 시』, 소와다리

장 그르니에, 『어느 개의 죽음에 관하여』, 청하

장 그르니에, 『섬』, 민음사

장 그르니에, 『지중해의 영감』, 청하

카뮈, 『결혼·여름』, 책세상

프루스트, 『잃어버린 시간을 찾아서 1~8』, 민음사

허먼 멜빌, 『모비 딕』, 작가정신

헤르만 헤세, 『헤르만 헤세 시집』, 문예출판사

필사 노트를 쌓아 보면 노트의 무더기는 내 무릎 높이에도 이르지 못한다. 앞으로도 원고지에 필사를 할 생각은 없으니 그 높이가 키를 넘기기는 어렵겠다. 연필로 필사하기, 21세기에 할 수 있는 가장 아날로그적인 작업. 릴케, 카뮈, 프루스트를 연필로 필사하기. 몽테뉴의 표현을 빌리면 '미치광이 같은 태도의 사랑'이다. 나중에 나 죽으면 불구덩이에 내가 가진 모든 연필과 필사 노트를 넣어 함께 태우라고 하면 어떨까 생각했다. 화장터에 흑연 냄새 가득할 것이다.

돌아가신 우리 할머니 부치댕이댁이 늘 하시던 말씀 하

나. 콩나물 시루에 물을 부으면 물은 조르르 흘러내려 남은 게 없는 것 같지만 콩나물은 무럭무럭 잘 자란다는 이야기. 나의 손과 눈과 시간을 통과해 간 문장들이 그저 의미 없고 허무하게 흘러가지는 않았으리라 믿는다.

종이 위의 산책자

양 철 주

나와 잘 지내는 시간 01
종이 위의 산책자

1판 1쇄 인쇄 2022년 7월 5일
1판 1쇄 발행 2022년 7월 12일

지은이 양철주
펴낸이 김원자
펴낸곳 구름의시간

편집 김원자
교정·교열 김화영
디자인 류지혜
인쇄·제책 미래상상

등록 2021년 11월 11일 (제2021-000149호)

모바일팩스 0508-952-7472
이메일 cloudtime2022@naver.com

책값은 뒤표지에 있습니다.

ISBN 979-11-979287-2-7 03810